月夜の牙
義賊・神田小僧

小杉健治

幻冬舎時代小説文庫

月夜の牙 義賊・神田小僧

目次

第一章　用心棒

一

月明かりもなく、風も絶えた丑三つ時。

むっとする夜の湿り気が身を包む。聞こえてくる虫の音もどこか暑苦しい。

大伝馬町《おおでんまちょう》の一角に影が走った。全身黒装束に身を包んでいる。

神田小僧《かんだこぞう》だ。

『上州屋』という質屋の裏手に回り込み、塀を軽々乗り越えて庭に下り立った。草の茂みからむっとするような熱気を感じた。

息を殺しながら辺りを見回す。

すると、右手に土蔵が見えた。

足音を立てずに近づいた。

扉には重たそうな鉄の錠前がかかっていた。神田小僧は懐から細い釘を二本取り出した。

錠前にその二本の釘を差し込み、落ち着いた手つきで釘を回した。

すぐに、カチャッという微かな音がした。

錠前を外して、扉を開けて中に入り、火縄に灯りを点ける。

左手の壁沿いに千両箱が山のように置かれてあった。

全部で数万両はあるだろう。こんな質屋ごときに、これだけの金を蓄えられるのはおかしい。やはり、阿漕《あこぎ》なことをして暴利をむさぼっているのだ。

千両箱のひとつを開けると、小判がびっしりと詰まっていた。

懐から麻の袋を取り出し、いつものように三十両を詰め、千両箱を元に戻した時、蔵に近づくスッスッスッという地面を擦るような足音が聞こえた。

火を消して、柱をよじ登った。

次の瞬間、蔵が開いた。

月明かりに照らされて、大柄な落とし差しの影が見える。

侍は手を腰の刀に添えている。そして、じろじろと蔵の中を見回した。

神田小僧は腰の後ろに手を回した。

侍は上を向いて、

「何奴！」

と、声を上げた。

神田小僧は咄嗟《とっさ》に飛び降りた。

侍は刀を抜き、切っ先を神田小僧に向けた。

神田小僧も匕首《あいくち》を抜いて構えた。

侍が大きく刀を振りかざすと、神田小僧は右に飛んだ。

しかし、さらに斬りかかってくる。

それも避けると、また次の攻撃も来る。

神田小僧は積まれてあった木の箱を蹴落とし、その隙に侍の横を掻いくぐって、蔵の外に出た。

「誰かいるぞ」

母屋の方からも声がして、足音が聞こえてきた。

神田小僧は塀を乗り越えて闇に消えていった。

焼けつくような日差しが大地にじりじりと降り注ぐ、梅雨明けの暑い昼下がり。棒手振《ぼてふ》りは炎天下では出歩いていなかった。だが、遠くの方から金魚売りと虫売りの掛け声が微かに聞こえてきた。

巳之助《みのすけ》は肩に道具箱を掛け、手にはふいごを持って、神田佐久間町《さくまちよう》に入った。『島田屋』という鼻緒問屋の前を通りかかると、同心や岡っ引きが忙しそうに出入りしている。

職人風の男たちが店の中を覗いていた。

「何かあったんですか」

巳之助はきいた。

「昨夜《ゆうべ》押し込みがあったそうだ」

職人が教えてくれた。

「何でも若旦那と番頭が斬られたそうだ」

別の男が言った。

近くで、「あぶせえ！」という懐かしい訛《なま》りが聞こえた。

声の方を見ると、野次馬に押された、色白で顔の整っている、髷《まげ》の先を少し散らした男が迷惑そうな顔をしていた。どことなく、知り合いの浮名《うきな》の三津五郎《みつごろう》に似ている顔だと思った。

巳之助はその男を尻目にその場から離れた。

最近、神田、日本橋界隈で凶悪な押し込みが連続して起こっている。盗賊は顔を見た者は誰であろうと手にかけている。

巳之助は『島田屋』の裏の長屋木戸をくぐった。

井戸の脇の水を張った盥《たらい》の中には、冷やし瓜がいくつかあった。その横を通り、三軒長屋の一番奥の家の前で立ち止まった。

砂塵で汚れた襟元の汗を手ぬぐいで拭い、ほこりを落としてから、

「鋳掛《いかけ》屋の巳之助でございます」

と、腰高障子越しに声を掛けた。

巳之助は二月《ふたつき》ほど前に、鍋の修繕をしたのをきっかけに、お新《しん》という女から時たま仕事を頼まれるようになった。

三日前に来た時に、提灯の張り替えを頼まれ、次は欠けた茶碗の焼き継ぎをして

もらいたいとのことだった。

お新は巳之助と同じ二十五歳で、二年前に亭主を亡くしたらしい。いまは内職の針仕事をしていて、まだ四、五歳くらいの三吉《さんきち》という男の子とふたり暮らしだ。亡き亭主の借金もあったので、生活は厳しいようであった。

「お新さん、鋳掛屋でございます」

巳之助は再び声を掛けた。

すると、三吉が戸を開けて出てきた。

「おう、三吉。おっかさんは留守かい」

「いや、中にいるよ。ちょっと、いま動けないから入ってきておくれ」

「そうか」

巳之助は土間に入った。

四畳半の隅の方で、お新は足を伸ばして、横に置いた盥で手ぬぐいを絞っていた。

それを足首に当てながら、

「こんな恰好ですみません」

と、お新はゆっくり姿勢を正そうとした。

「いえ、楽な姿勢でいてください。それより、どうしたんですか」

巳之助が心配してきいた。

「昨夜、厠《かわや》に行った時に、裏から走ってきた男とぶつかって、よろけて足をくじいてしまったんですよ」

顔を少し歪めながらお新が答える。

「それはとんだ災難でございましたね。怪我の方は大丈夫ですか？」

「少し休んでいれば大丈夫だと思います」

「その男はどうしましたか」

「そのまま逃げてしまいました」

「一体、その男は何だったんでしょう」

「昨日の夜、近くの『島田屋』という大店《おおだな》に悪太郎《あくたろう》一味が押し込みに入ったそうで、多分盗賊のひとりがここを通って逃げようとしたんじゃないかと親分さんが言っていました」

悪太郎というのは、聞いたことのない名前だ。でも、最近の押し込みはこの悪太郎一味の仕業なのだろうか。

「ぶつかったのは、どんな男か覚えていますか？」

巳之助はきいた。

「突然のことだったんで、よくわからないのですが、背の高い三十手前の男でした」

「そうですか」

「この体じゃ働きに行けないのが辛いです」

お新はため息を漏らした。

「お医者さんには見せましたか」

「いえ、そんな余裕は……」

お新はきまり悪そうに言った。

「焼き継ぎはただでやらせて頂きますんで、お医者さんに診てもらったらどうですか」

巳之助は親身になって、仕事に取り掛かろうとした。困っているひとを見捨てられない性分だ。

「いえ、悪いですから」

「こんな大変な時ですから、結構ですよ」

「この間、下駄の歯入れをしてもらったお代も……」

「あんなのは、金を払ってもらうほどのものではないんです」

「でも……」

「気にしないでください」

「ありがとうございます」

お新は頭を下げた。

「他に何かやれることがあればやりますよ」

巳之助はお新の顔を覗き込むようにして言った。

「そんなに迷惑をかけられません」

「そんなことちっとも思わないですから」

「……では、お言葉に甘えようかしら」

お新は少し迷った末に、丸髷から簪《かんざし》を抜いて、ゆっくりとにじり寄ってきた。

巳之助はお新から簪を渡された。

「大したものではございませんが、亭主から貰ったものです。これを売ってきてもらってもよろしいですか」

「こんな大切なものを？」

「はい、亭主も死ぬ前に何か困ったらこれを売って金にしろと言っていました。これまでも何度かこれを売ろうとしたのですけど」

「もったいないですよ。質屋に入れれば後で取り戻せるじゃないですか」

「いままで質に入れた分も出せないでいるので、今回も受け出せないと思います」

お新は俯き加減に答えた。

「他に何かございませんか」

巳之助は部屋の中を見回した。

「あれは何です？」

巳之助は部屋の奥にあった白い毛の筆を指した。

「ただの筆ですよ。何かで貰ったんですよ。私は字が書けませんから一度も使っていないんです」

「ちょっと見せてもらってもよろしいですか」

「はい。三吉、ちょっと鋳掛屋さんにこれを渡してあげて」

巳之助は三吉に筆を取ってもらった。

それから、顔を近づけてじっくり見て、

「これは！」

巳之助は大仰《おおぎょう》に言った。

「何ですか」

「もしかしたら、いい値で売れるかもしれませんよ」

と、お新を喜ばせるように言った。

「そんなはずありません」

お新は信じていない様子だ。

「いえ、白い毛というのは珍しいんです。簪はしまってください。この筆を売りに行きますよ」

巳之助が提案した。

「でも、きっと安物ですよ」

「そんなことはありません。ちゃんといい値で買い取ってもらいますから。では、預かっておきます」

巳之助は筆を道具箱にしまうと、流しに置いてあった茶碗を焼き継ぎした。

それが終わり、

「じゃあ、三吉。おっかさんの世話をちゃんとするんだぞ」

と、言い残して巳之助は長屋を出た。

それから、本郷の方を回って夕方になって、日本橋久松町《ひさまつちょう》の長屋に帰った。近所のおかみさんに挨拶をして、自分の家に入る。隣に住んでいる棒手振りの庄助《しょうすけ》がふいに入ってこないよう、腰高障子に心張り棒を掛けた。

それから、畳を上げて、床下から甕《かめ》を取り出した。

蓋を開けると油紙に包んだ小判を抜きとる。

二十両ほど残っている。その中から、五枚を取って、甕を床下に戻した。

ここにしまってある金は全て阿漕な商売をしている大店や、賄賂《わいろ》を受け取っているような武士の屋敷から盗み取ったものだ。

全て貧しい者たちに配るためだ。お新の家にもこの金をこっそり置いてこようと考えていたが、なかなか留守にしていることがなくて、機会を逃していた。

巳之助は筆を箪笥の中にしまい、五両を紙に包んだ。

翌朝、巳之助は日本橋久松町を出ると、真っ先に神田佐久間町の、お新の住む長屋へ向かった。

神田川に向かって歩き、和泉《いずみ》橋を渡り右に折れて佐久間町に入る。『島田屋』の前を通り、路地に入った。『島田屋』は盗賊が入ったばかりというのに、もう店を開けていた。

お新の家の腰高障子を叩いた。

「鋳掛屋でございます」

巳之助がそう言うと、三吉が開けてくれた。お新は針の内職をしていた。

「仕事見つけたんですね」

お新が手を止めて言った。

「怪我したことを知った近所のひとが、内職をくれたんです」

「それはようございましたね」

巳之助は安心した。

「今日は特に頼むものがないのですが」

「いえ、昨日の筆が売れましたので」

巳之助は道具箱を土間に下ろした。

「もう売れたんですか？」

「やはり、あれはいい筆でしたよ」

「本当ですか」

「はい。五両で売れました」

「五両⁉」

お新は上ずった声を上げた。

巳之助は紙で包んだ五両を畳の上に置いた。お新はゆっくりと這《は》って、紙を外してから小判を数えた。

「あれが五両ですか……」

お新は驚いて目を丸くしている。

「ええ、何でも信州の方の白馬の毛を使った珍しいものだそうです」

「へえ、あれが五両……」

お新はまだ信じられないような口ぶりだった。

「じゃあ、あっしは」

巳之助はすぐに立ち去ろうとしたが、

「待ってください」

と、お新が止めた。

「何でしょう」

「鋳掛屋さんに溜まっていた分を払わなければ」

「いえ、いいんです。いまは大変でしょうから。怪我が治るまでは」

巳之助は遠慮した。だが、お新は申し訳ないと金を払おうとした。しかし、巳之助がまた今度でいいと押し切ると、お新も五両を両手で押し戴いて礼を言った。

巳之助は家を出て、

「いかけえ」

と、声を掛けながら歩き出した。

二

大川（隅田川）には夕涼みの屋形船が何艘も浮かんでいる。

三津五郎は白地に紺の松の葉柄の浴衣を緩く着て、帯の後ろに団扇《うちわ》を差すという小粋な姿で両国《りようごく》橋の上から屋形船を眺めていた。

三津五郎は二十五歳、鼻筋が通っていて、女好きのする眉目《びもく》だ。

しばらくして、その場を離れると両国広小路《ひろこうじ》に向かって歩き出した。

橋を渡ると、見世物小屋や水茶屋や団子屋などの店が出て、多くの人で賑わっていた。

今度はその出店の中に目を配った。

すると、水茶屋が並んでいる中の一軒から、細身の空色の絽《ろ》を着た綺麗な女が出てきた。化粧っ気がないが、色白で切れ上がった目に、薄い唇が妙に色っぽい。三十過ぎで、どこかの内儀《おかみ》風だ。

女は両国橋とは反対に向かって歩き出した。

(よし、この女にしよう)

三津五郎はその女の後を追った。

「内儀さん」

三津五郎は後ろから呼びかけた。

「はい？」

女は振り返った。

「さっきから、ずっと内儀さんのことを見ている怪しい奴がいるんで気を付けてください」

三津五郎は出まかせを言った。

「えっ、どこですか」

女は驚いたように辺りを見回した。

「もういませんよ」

三津五郎は答えた。

だが、女は真剣な眼差しで探している。

まさか女がそんな反応をするとは思っていなかったので、かえって困惑した。

「どんな男でしたか」

女が真剣な眼差しできいてきた。

「いや……」

三津五郎が返答に窮していると、

「あっ、お前さん。以前にも、私に声を掛けてきやしなかったかい」

「えっ、そんなはずありませんよ」

三津五郎は焦った。

「いいえ、お前さんに違いありません」

女は言い切った。

同じような手口で、色んな女に話しかけているので、三津五郎には覚えがなかった。

「いつのことですか」

三津五郎はきいた。

「三月《みつき》くらい前、筋違橋《すじかい》で声を掛けられました。あれは清元の帰りでした。女中に長箱を持たせていました。覚えていませんか」

女は咎めるように言った。

思い当たる節はある。

三月前に声を掛けた時には、誰かが見ていると言っても大した反応を示さずに、三津五郎を適当にあしらっていた。

「思い出したかえ」

「いえ、それは……」

「お前さん、浮名の三津五郎だろう」

「えっ」

三津五郎は狼狽した。

「やっぱり、そうだね」

女は含み笑いをした。

「それより、さっきあっしが誰か内儀さんのことを見ていると言ったら、必死になって探しているようでしたが」

三津五郎が慌てて話を元に戻した。

「何でもありませんよ」

女は首を振った。

「そんなことはないでしょう。何か覚えがあるんでしょう。何ならあっしが相談に乗りますよ」

三津五郎はこうなったら、相談を受けることで金を貰おうと考えた。

「本当に何でもありませんから」

女はきっぱりと言って、歩き出した。

「待ってください。あっしに何でも話してくださいよ」

三津五郎は女の横を張り付くようにして歩いた。

「結構です」

女はきつい口調で言ったが、

「ちょっと心配なんですよ。これで、内儀さんの身に何かあったらあっしの寝覚めが悪いじゃございませんか」

三津五郎は女の顔を覗き込むようにして言った。

「男が見ていたというのは嘘でしょう」

女が決めつけるように言った。

「…………」

三津五郎はしばらく黙った後、

「まあ、いいじゃありませんか」

と、女に付いて行った。

「ずっと、付いてくるつもりですか」

女は立ち止まって、三津五郎を見た。

「ええ、たとえ京まで行くとしても付いて行きますよ」

三津五郎は軽口を叩いた。

「図々しいのね」

女は呆れた顔をした。

「お家はどこです？」

三津五郎はお構いなくきいた。

「神田小柳町《こやなぎちょう》です」

女は仕方なさそうに答えた。

「それなら、柳原土手を行けばいいですね」

ふたりは並んで歩いた。

三津五郎はあれこれ話しかけるが、女の表情は硬く、あまり会話が弾まなかった。

しかし、三津五郎が名乗ると、女は「おえん」という名前だということは明かした。

さらに、『川端屋《かわばたや》』という紙問屋の内儀だということもわかった。

両国広小路を抜けて、郡代屋敷の横を通った時、

「本当に内儀さんのことを心配しているんですよ。このままだと、あっしは気になって仕方ありません。何か心配ごとがあったら教えてください」

三津五郎は真っすぐな目でおえんの横顔を見つめた。

おえんはしばらく歩きながら考え、

「実は最近、押し込みが横行しているので心配なんです」

「あ、そういえば、何軒かやられていますね。だったら、用心棒を雇えばいいじゃないですか」

「もちろん、そうしました。口入屋に頼んで、用心棒を付けることにしたのですが、どういう訳かすぐに辞めたんです。次のひともすぐに辞めてしまいました」

「どうして、そんなに辞めちゃうんですかね」

「押し込みが恐いのかもしれません。もっと、腕の立つひとが欲しいのですが、なかなかいなくて……」

「それなら、あっしに任せてください」

三津五郎は自信満々に答えた。

「え？　あなたが？」

おえんが疑うような目で見てくる。

「いえ、あっしじゃねえんです。用心棒にぴったりの人がいるんです」

三津五郎の頭にある男の顔が浮かんだ。

「どなたですか？」

おえんがきいた。

「松永九郎兵衛《まつながくろべえ》っていう浪人です。かなりの剣の腕前です。田原町《たわらまち》に住んでいるんで、後で話をしてきますよ」

「じゃあ、その人をさっそく連れてきてください」

「はい。ちょうど働き口を探しているんですよ。必ず、内儀さんの用心棒になってくれます」

九郎兵衛がどういう返事をするかわからなかったが、三津五郎は約束した。すると、心なしかおえんも少しは安心したように見えた。

やがて、ふたりは小柳町三丁目に差し掛かった。須田町《すだちょう》との間の通りをしばらく進んだ先の四つ角にある、間口が七間ある土蔵造りの大店が『川端屋』だった。

「ここです」

おえんは素っ気なく言った。

すると、店の中から手代風の四角い顔の二十代後半の男が出てきて、

「内儀さん、またひとりで出歩いていたんで……」

と、声を掛けた。

「心配しなくていいの」

おえんはそう答えて、店に入って行った。

「では」

三津五郎は素早くその場を立ち去って、田原町に向かった。

もう辺りは薄ら暗くなっていた。

三津五郎は田原町へ行き、裏長屋の一番奥にある家の腰高障子を叩いた。

「誰だ」

中から鋭い声がする。

「あっしです。浮名の三津五郎です」

三津五郎が通り名を言うと、

「入れ」

九郎兵衛が答えた。

三津五郎は腰高障子を開け、土間に入った。

左頬に刀傷のある九郎兵衛が、六畳間に座っていた。壁には三日月兼村《かねむら》と呼ばれる名刀が立てかけてあった。この刀が由来で、九郎兵衛は三日月という通り名を持っている。

「久しぶりだな」

九郎兵衛の傍に徳利があって、酒を吞《の》んでいた。

「もう吞んでいるんですか」

三津五郎は部屋に上がり込んで、九郎兵衛の正面に座った。

「最近、仕事がなくて暇なんだ」

九郎兵衛がきまりが悪そうに言った。

「それはちょうどよかった。三日月の旦那にいい仕事があるんです」

三津五郎は笑顔で言った。

「いい仕事？」

九郎兵衛が片眉を上げた。

「神田小柳町に『川端屋』っていう紙問屋があるんですが、そこの用心棒です」

「なんで、大店で用心棒がいるんだ」

「旦那、知っているでしょう。最近、押し込みが横行しているのを。残虐な押し込みで、店の者が何人も殺されているんです。だから、用心棒が必要なんでしょう。ただ、用心棒をふたりばかり雇ったんですが、押し込みが恐くてすぐに辞めてしまったそうです。旦那ならそんなことはないと思いまして」

「そうですね」

「もし用心棒をやるなら、そこに泊まり込むことになるな」

「そうか、酒くらい出してくれるだろうな」

九郎兵衛は考えてから、

「よし」

と、頷いた。

「ほんの気持ち程度でいいんですが、もし用心棒に決まったら少しばかり金をおくんなさい」

「なに？」

「だって、いい話を持ってきたんです。それくらいしてもらわないと」

三津五郎は爽やかな笑顔で言った。

「あまり調子に乗るんじゃねえ」

九郎兵衛は恐い顔をした。

三津五郎は苦笑いして、

「じゃあ、また明日の朝迎えに来ますんで」

と、九郎兵衛の長屋を後にした。


翌日の朝は風もなく、まだ太陽が昇り切っていないうちからうだるような暑さだった。

長屋木戸をくぐると、おかみさんたちが井戸端で談笑している。三津五郎が「こんにちは」と頭を軽く下げると、おかみさんたちが目を輝かせた。

九郎兵衛の家の前で腰高障子を叩いていると、「いい男だねえ」というおかみさんの声が聞こえた。

そんな言葉は聞き飽きていると三津五郎は内心で言いながら、

「三日月の旦那、おはようございます」

腰高障子を開けた。

すると、九郎兵衛はいつもの着流し姿ではなく、袴を穿いて、腰に三日月を提げている。

「決まっていますね」

「大店というから、下手な恰好は出来ん」

「そんな恰好じゃ暑いでしょう。あっしみたいな浴衣姿が羨ましいんじゃございませんか」

三津五郎は冷やかすように言った。

九郎兵衛は無視して、

「さあ、行くぞ」

と、真っすぐに歩き出した。

田原町から東本願寺の前を通って、新堀川沿いに進んで、途中で三味線堀の方に曲がった。武家屋敷を通って、向柳原《むこうやなぎわら》から新《あたら》シ橋を渡って、小柳町に向かう。

「そういえば、押し込みの中に浪人がいるみたいですけど、あれは三日月の旦那じゃないんですか」

三津五郎は冗談っぽく言った。

「馬鹿言うな。俺は強盗はしねえ」

九郎兵衛は少し強い口調で答えた。

「そうですか。てっきり、韋駄天《いだてん》の半次《はんじ》と一緒にやっているのかと思っていましたよ」

韋駄天の半次は、九郎兵衛の弟分のような男である。

小柳町三丁目に着いた。

土蔵造りの店の前で、

「ここが『川端屋』です」

と、三津五郎が指した。

「そうか」

「では、入りますよ」

ふたりは暖簾をくぐった。

土間に入ると、十畳ほどの広間があり、その奥が二間続きとなっている。夏の暑い時期だからか、襖が開けっ放しになっており、奥の内庭が見渡せる。そこから吹いてくる風が心地よかった。

「いらっしゃいまし」

昨日、顔を合わせた手代風の男が声を掛けてきた。

そして、男はすぐに三津五郎に気づいたようで、

「あ、昨日の」

と、訝しげな目をして言った。

「内儀さんはいますかい」

三津五郎は奥を覗きながらきいた。

「おりますが、どちらさまでございます？」

手代は不審そうにきいた。

「内儀さんに三津五郎と言えば、わかりますよ」

「三津五郎さん。どちらの三津五郎さんです？」

「ただ三津五郎と言えば、わかるはずですから」

三津五郎は融通の利かない手代に少し苛立ちながら答えた。

そうこうしていると、奥から四十くらいの額の広い細目の男がこちらに向かってやってきた。

「番頭さん、この方々が内儀さんにと」

手代が小声で言った。

「失礼ですが、あなた方は？」

番頭が三津五郎と九郎兵衛を交互に見た。

「内儀さんに用心棒を頼まれまして、こちらに伺った次第でございます」

三津五郎が伝えた。

「用心棒？」

番頭は不思議そうな顔をしてきき返し、

「何かの間違いではありませんか」

と、首を捻った。

「いえ、そんなはずはありません」

「そうですか……」

「とにかく、内儀さんに会わせてください」

三津五郎が声を張って言った。

すると、廊下を伝う足音がして、おえんが姿を現した。

「どうも、昨日来でございます」

三津五郎が頭を下げた。

「内儀さん、これはどういうことですか？　私は何も聞いていませんけど」

番頭がおえんに不満そうにきいた。

「やっぱり、用心棒が必要だと思ったんですよ」

「うちには若い衆がいっぱいいますから、心配いりませんよ」

「番頭さんは、あの押し込み連中の恐ろしさを知らないから……」

おえんが番頭の顔を見ずにそう言った。

「…………」

番頭はため息をついた。

「とにかく、こちらが九郎兵衛さんです」

三津五郎はおえんに九郎兵衛を紹介した。

九郎兵衛は背筋を伸ばして、軽く会釈をした。

「ちょっとお話がありますので、奥へどうぞ」

おえんが招いた。

「失礼致す」

九郎兵衛が重々しく言い、草履を懐に入れて、おえんに連れられて奥に行った。

「じゃあ、あっしはここらで」

三津五郎はおえんと九郎兵衛に告げて、『川端屋』を出た。

ふと、おえんと番頭が妙によそよそしいのが気になった。

三

『川端屋』は明和九年（一七七二年）、目黒行人坂《ぎょうにんざか》から発生した大火が起こって一《ひと》月《つき》も経たない頃に、美濃出身の川端与一郎《よいちろう》によって創業された。与一郎は元は大垣藩士だったが、不祥事を起こして武士の身分を剝奪され、以降江戸の紙問屋で十年間働いたのちに自らの店を立ち上げた。

与一郎には長男の与之助《よのすけ》と次男与兵衛《よへえ》がおり、与之助を神田小柳町の『川端屋』の番頭に、与兵衛は幼い頃に他の商家に養子に遣った。

七年ほど前、おえんは与之助に嫁いできた。それを機に与一郎は隠居をして店を譲り、いまは柳島《やなぎしま》でのんびりと暮らしている。

だが、半年前、与之助が病気で亡くなった。

与之助とおえんの間には、六歳になる与吉《よきち》という子がいるがまだ店を継ぐのには早すぎるため、与吉が元服するまでの間、内儀のおえんの下で番頭の玉之助《たまのすけ》が『川端屋』を取り仕切っている。

現在、『川端屋』には五十人以上の奉公人がいる。

番頭と女中以外の奉公人は全て二階に住んでいる。

おえんが『川端屋』の説明をしながら家の中を案内して、最後に向かったのがおえんの部屋であった。向かって右手には仏間があるが、左手には部屋がなく、壁の向こうは庭である。

部屋に入ったおえんは襖をぴったりと閉めた。

十二畳の広々とした部屋の床の間には、山水の掛け軸が飾ってあり、その前には背の低い花瓶に黄色い透百合《すかしゆり》の花が三輪生けてある。

「お座りください」

おえんが言った。

九郎兵衛が床の間の前に腰を下ろすと、おえんも座った。

「どうぞ」

おえんが煙草《タバコ》盆を勧めてきたが、九郎兵衛は礼儀として断った。

「何か訊ねておきたいことなどはありますか」

おえんが改まってきいた。

「あの玉之助という番頭がこの店を取り仕切っているのか」

九郎兵衛は遠慮せずにきいた。

「玉之助は長年『川端屋』に勤めていて、大旦那さまの信頼も厚いのでそうなったんです」

おえんが答えた。

「大旦那というのは、与一郎だな？」

「そうです」

「大旦那がここに来ることは？」

「滅多にありません」

「家業にも口出しはしないのか」

「ええ、全て玉之助を信頼して任せています」

「ちなみに、ご子息はいまどちらに？」

「倅《せがれ》の与吉は、柳島で大旦那さまに育てられています」

おえんが少し寂しそうな目をした。

「失礼ですが、内儀さんはどのような縁で『川端屋』に嫁ぐことになったのか？」

九郎兵衛がきいた。

「私が料理屋にいたので……」

おえんは少し恥ずかしそうに顔を背けながら答えた。

「私のことは大して面白いこともありません。この家のことで、何か他に気になることはありますか」

おえんがきいた。

「押し込みに備えていると言っていたが、どうして備えが必要だと思うんだ」

「この二月で大きな押し込みが三件あったので」

「そんなにすぐまた押し込みがあるとは思えないが」

「でも、用心に越したことはありませんから」

「いつまでここにいればいいのだ」

「とりあえず、一月お願いします」

「手当はいくらほど貰えるか」

「五両です。もし、その間に押し込みがあって退治してくれたら十両出します」

「一月経って何もなかったら、その後はどうするのだ」

「その時はまた考えます」

「わかった」

九郎兵衛は答えた。

「夕方から明け方まで庭にある庵にいてください」

おえんが部屋の奥の障子を開けた。

途端に、庭から聞こえる蟬の鳴き声が大きくなった。庭には背の高い木々が植わっていて、そよ風に揺られて葉をなびかせていた。風鈴の音もそれにつられるように、ちりんちりんと鳴っていた。

庭先には数寄屋《すきや》造りの庵があった。

おえんは縁側から庭に下りて、飛び石を伝いそこに向かった。こけら葺きの屋根に、黒ずんだ荒壁仕立てであった。

九郎兵衛はおえんに付いて行った。

「先代の番頭さんが茶室として拵《こしら》えたのですが、いまは改装して住めるようにしております」

おえんが庵の前で言い、くぐり障子を開けて中に入った。

小さな土間を上がると、すぐに四畳間があって、同じ広さの次の間と台所が付いている。次の間は後から付け足したような造りであった。

風通しはよく、丸窓からおえんの部屋がよく見える。

九郎兵衛が窓から庭を覗いていると、背後から甲高い音がした。振り向くと、おえんが手に鈴を持っていた。

「もしこの音が聞こえたら、すぐに駆け付けてください」

おえんはそう言ってから、続けた。

「場合によっては、昼間でも外出する時に付いてきてもらいます」

「その分の手当は？」

「もちろん払います」

「でも、どうして？」

「あくまでも用心です」

「もしかしたら、番頭さんが九郎兵衛さんに色々と言ってくるかもしれませんが、聞く必要はありません」

おえんが念を押すように言った。

「わかった」

九郎兵衛は小さく頷いた。

「では、他に言っておかなければならないことはないですかね」

おえんは顎に手を当てた。

「ちょっと、よろしいか」

九郎兵衛がきいた。

「はい、なんでしょう」

「さっき店の入り口にいた四角い顔の若い男は誰だ?」

「手代の栄太郎《えいたろう》です」

「栄太郎……」

「何か気になりますか」

「いや、別に」

九郎兵衛は首を横に振った。

「他の奉公人たちはその都度紹介します。でも、名前を覚える必要はありませんよ」

「そうか」

「では、とりあえずまた何かあったら呼びます。それまでゆっくりしてください」

おえんはそう言って、庵を去った。

数日後の、風も絶えた蒸し暑い夜。虫の音もどこか悲鳴を上げているように聞こえていた。南から微風が吹くと、母屋で風鈴が鳴った。

その時、庭で微かな足音が聞こえた。

九郎兵衛が脇に置いてある名刀三日月を手に取り、そっと丸窓から覗いてみると、母屋の前に三、四人の黒ずくめの姿が見えた。

九郎兵衛は素早くくぐり障子を開けて、

「何をしている」

と、声を掛けた。

男たちは一斉に振り向いた。

少し目を遣ると、庭の先の方にも五、六人の姿が月明かりに照らされている。

「やっちまえ」

一番離れたところにいた大柄の男が低い声で叫んだ。

その声と共に、ひとりの背の高い、刀を手にした男が前に出てきた。浪人だ。三津五郎が言っていた男だろうか。

「俺が相手だ」

浪人はそう言って、上段に構えた。

九郎兵衛が三日月を鞘から抜き取ると、

「えいっ」

浪人が斬りかかってきた。

九郎兵衛は浪人の刀を受けて、力いっぱい撥ね返そうとしたが、思ったより重くて押し合いになった。

九郎兵衛は隙を見て、後ろに飛び退るや、相手の胴をめがけて横一文字に斬りかかった。

しかし、浪人は避けた。

すぐさま、浪人の刀が九郎兵衛の頸をめがけて飛んでくる。

九郎兵衛は咄嗟に三日月で振り払った。

ふたりは正眼に構えて、対峙した。

じりじりとふたりの間合いが狭まる。

九郎兵衛は相手の足元を注意深く見ていた。

次の瞬間、浪人が地面を蹴った。

それと同時に、九郎兵衛は体を大きく躱《かわ》し、相手の小手を狙い三日月を振りかぶった。

浪人は気づいたらしく、手首を捻って刀で受けた。

だが、三日月が相手の刀を落とした。

浪人にとどめを刺そうとしたが、左右から匕首を持った男たちが飛び込んでくる。

九郎兵衛はふたりを軽く躱し、ひとりの太腿を斬りつけた。

その男は呻きながら、崩れるようにして倒れた。

「引けっ！」

その声が掛かると共に、皆が足早に去って行った。ただ、九郎兵衛が太腿を斬りつけた男だけが取り残されていた。

「九郎兵衛さん、ありがとうございます」

おえんが障子を開けて、庭に下りていた。

「やっぱり、盗賊が来たな」

「ええ。その男は」

おえんはうずくまっている男に目を落とした。

九郎兵衛はその男の黒い頭巾をはぎ取った。頬骨の張った男で、顔じゅうから汗が噴き出ていた。

九郎兵衛は切っ先を男の首元に突き付け、

「お前らが最近、神田、日本橋界隈に出没している盗賊か」

九郎兵衛が問い詰めた。

「あ、ああ……」

「誰が親分なんだ」

「……」

「答えるんだ」

九郎兵衛は切っ先で相手の肌を少し引っ搔いた。

男は何も答えない。

だが、突然目を大きく見開いて、「あっ」という声を出した。

九郎兵衛が「何だ」ときこうとした時、

「この男を縛っておかなければ」

おえんが横から口を挟んだ。

「足を怪我しているから心配しなくても」

九郎兵衛が宥めたが、おえんには心配のようだった。

やがて、番頭の玉之助と手代の栄太郎たちが提灯を持ってやってきた。

「賊は逃げた」

九郎兵衛は言った。

「自身番に報せよう。おい、誰か行っておくれ」

玉之助が指示すると、ひとりの奉公人が駆け出した。

「奉行所の者が来るまで、この男を木に縛っておきましょう」

おえんが庭の端の松の木を指した。

それから、栄太郎が男の体を縛り上げて、木に括り付けた。

「私はこの男から話を聞くからもう戻っていなさい」

おえんは玉之助と栄太郎を追い払うようにした。

ふたりは不満げだったが、おえんがきつく言い渡したので黙って従った。

それから、おえんは九郎兵衛に向かって、

「私がきいたほうが答えてくれると思うので、あなたも俺に戻っていてください」

と、言ってきた。

「いくら縛られているからといっても危ないぞ」

九郎兵衛は注意したが、

「平気です」

と、おえんは言い張った。

それから、九郎兵衛はどこから盗賊が入ってきたのか確かめようとして、塀の周りを歩いた。

すると、玉之助もまだ庭にいた。

「誰がいつも戸締りをしているんだ」

九郎兵衛がきいた。

「私が五つ半（午後九時）に戸締りを確認します。今日もちゃんと閉めました」

「でも、賊は裏口から入ってきている。塀を見たが、乗り越えた形跡はない」

「じゃあ、どうやって」

「誰かが引き入れたのかもしれない」

「ひょっとして……」

「心当たりがあるのか」

玉之助がためらってから、

「内儀さんです」

と、言った。

「内儀が？　何故だ」

「嫁いできた時から、なんか堅気じゃない雰囲気があるんです。先代にもそのことを遠回しに伝えたことがありましたが、まともに取り合ってはくれませんでした」

「だからと言って、内儀が盗賊の仲間だとは言えないだろう」

「ただ、内儀さんは最近しょっちゅうひとりで外に出ているんです。その時に、手筈を整えているのかもしれません」

「それなら、拙者を用心棒に雇ったりせんだろう」

「それもそうですが……」

玉之助が思案げに言った。

その時、「きゃっ！」という悲鳴が庭の端から聞こえた。

九郎兵衛は急いでおえんの元に駆け付けた。後ろから玉之助も付いてきた。

すると、おえんが倒れていて、木に縛り付けていた男がいなくなっていた。

「何があったんだ」

九郎兵衛が抱き起こしてきいた。

「あの男が縄を解いて、私を突き飛ばして逃げて行きました」

九郎兵衛はすぐ裏口に走った。

くぐり戸が開きっぱなしになっていた。

外に出て、左右を見回しても誰もいない。

九郎兵衛がおえんのところに戻ると、栄太郎が九郎兵衛を捜していた。

「いま八丁堀の関小十郎《せきこじゆうろう》さまという同心が来て、九郎兵衛さんから話を聞きたいと言っています」

「関小十郎？」

九郎兵衛はその名に聞き覚えがある。以前にも顔を合わせたことのある定町廻り《じょうまちまわ》同心だ。いつも駒三《こまぞう》という、恨みがましい目をしている岡っ引きを従えている。

九郎兵衛は関と話したくないと思いつつも、ここで断って面倒なことになるのも嫌なので、栄太郎に付いて母屋に上がった。

廊下を伝い、中庭が見渡せる大広間に入った。

部屋の中は、行灯《あんどん》がいくつもあって明るかった。

赤い灯りに、面長で顎が尖った関小十郎が照らされている。隣には相変わらず目つきの悪い駒三がいる。

「あっ、おぬしは」

関小十郎が声を上げた。駒三は片眉を上げて、意外なところで会ったというような顔を見せている。

「ご無沙汰しております。いまは『川端屋』で用心棒をしています。さきほど、盗賊が入ってきたので退治しました」

九郎兵衛は自分から説明した。

「相手は何人くらいいたか」

「ざっと十人はいたと思います」

「そのうちひとりを捕まえたんだな」

「ええ、でもさっき逃げてしまいました」

「そうか」

関は頷いて、駒三の耳元で何か伝えていた。それから、駒三は「へい」と言って、大広間を出て行った。

「それより、いま押し入ってきたのも、近頃世間を騒がしている盗賊なんですか」

九郎兵衛がきいた。

「恐らく、そうだろう」

「どんな奴らなんですか」

「元々、東海の方で押し込みをしていた悪太郎というのを頭としている盗賊だ。二月くらい前に江戸にやってきて、これまでに一万五千両近くの被害が出ているんだ」

「一味は全部で何人いるのですか」

「十人は下らない」

「日本橋、神田界隈のみを狙っているとか」

「どういうわけかは知らないがそうなんだ。最近では神田佐久間町の『島田屋』という鼻緒問屋が狙われた。そこでは若旦那と番頭が斬りつけられている。番頭は何とか一命を取り留めたが、若旦那は亡くなった。『島田屋』以外でも、女、子ども関係なく斬り殺している。岡っ引きの駒三の手下も盗賊を追っている時にやられたそうだ」

関はひと通り説明してから、

「おぬしは盗賊に何か心当たりがないか」

と、きいてきた。

「いえ、ありません」

「そうか。もし何か思い出したら八丁堀に報せに来てくれ」

駒三が大広間に戻ってくると、関は『川端屋』を後にした。

九郎兵衛も自分の庵に戻った。

四

日暮れ時、巳之助は仕事を終えると神田佐久間町の長屋にやってきた。

長屋の前の広場で、三吉が「エイッ、ヤアー」と叫びながら太い木の棒を振っていた。

「何しているんだ」

巳之助がきいた。

「おっかあに怪我をさせた奴をやっつけるんだ」

三吉は真面目な顔をして答えた。

ふと、十五年以上前の自分の兄の姿に重ね合わせた。

巳之助は八つになるまで木曽に住んでいた。父は腕の良い彫り物師だったが、巳之助が七つの時に家を出て、飯盛り女と一緒になった。それから、母は酒に溺れておかしくなった。父に似ているという憎さから、巳之助と兄を殴ったり、蹴ったりした。だが、そんな母も男を拵えると、子どもふたりを置いて家を出た。

その後、数か月は近くに暮らす親戚に引き取られて暮らしていたが、その親戚からも冷遇された。

そんな時、兄は庭先にある大きな木に向かって竹刀を打ち込んでいた。

なぜそんなことをするのかきいてみたところ、

「江戸へ向かう道中、どんな輩がいるかわからないから」

と、兄は答えた。

その時に、このまま木曽にいては幸せになれないから、ふたりで江戸に出ようという計画を聞かされた。

幸いにも、江戸に来るまでの道中で危険な目に遭うことはなかった。

そんな弟思いだった兄は、不遇な死を遂げている。

それから、巳之助は心を閉ざすようになっていった。いま目の前にいる子には、自分のような思いをさせたくないと思った。

「鋳掛屋のおじさん、そんなにおいらを見て、どうしたんだ」

三吉は不思議そうな顔をした。

「いや、何でもない。それより、おっかさんの具合はどうだ」

「少しよくなっているよ」

「そうか」

巳之助は腰高障子の前で名乗ってから家に入った。

お新はまだ足を伸ばした姿勢で針仕事をしていたが、表情は少し柔らかくなっていた。

「具合はどうですか」

巳之助がきいた。

「だいぶよくなってきています。そういえば、私を怪我させた男に似た人を見かけたんです」

「どこでですか」

「水を汲みに井戸に行ったら、知らない男が木戸口に立ってこっちを見ていたんです。私が振り向いたら男は慌てて逃げて行きました。男は耳が横に張っていて、脚が長いんです。その特徴がぶつかった男にそっくりでした」

お新がそう言った時に、脳裏に韋駄天の半次の顔が掠めた。耳が張っているという特徴はそっくりだ。しかし、半次がそんなことをするはずはないだろうと思った。

「多分、お新さんを怪我させたことが気になって来たんでしょう」

巳之助が安心させるように言い、

「今日は何か直すものはありませんか」

と、きいた。

「ええ、鋳掛屋さんには直してもらえるものを全部直してもらいました」

お新は有難そうに言ってから、

「それより、呉服屋さんの知り合いはいませんか」

と、きいてきた。

「呉服屋？　そこまで親しいわけじゃないですが、顔見知り程度ならおりますよ」

「よかったら、紹介していただけませんか」

「ええ、構いませんよ。着物をあつらえるんですか」

「三吉に新しいものを買ってやろうと思うんです」

巳之助の脳裏に、三吉のボロボロの着物が思い浮かんだ。

「そりゃ、喜ぶと思いますよ」

「ええ。亭主が死んでから、いままで何ひとつ新しいものは買ってやれなかったので」

お新は申し訳なさそうな顔をしていた。

巳之助はそんなお新に掛ける言葉が見当たらず、

「三吉は木の棒で剣の稽古をしていましたよ」

と、言った。

「そうなんです。私を守ると言ってくれましてね」

「親思いのいい子ですね」

「はい。でも、自分の身を守るためなんだとも思います」

「自分の身を?」

「三吉は近所の子どもたちからいじめられたそうなんです。だから、強くなりたいのでしょう」

「どうして、いじめに?」

「いつもボロボロの着物と帯だから、からかわれるんだそうです。それで、三吉が怒っていじめっ子に摑みかかったらしいのですが、相手は何人もいるのでかないっこありません」

「あんまりじゃありませんか!」

巳之助は、沸々と怒りがこみ上げてきた。

いくら子どもといえども、貧しいからという理由でいじめをするのは許せない。

「でも、情けない話なのですが、私も相手の親に強く言えないんです」

「どうしてです?」

「いじめっ子のひとりはここの大家さんのお孫さんですし、他の子の親は針の仕事をくれた人です。文句を言いたいのは山々なんですが、これで家を追い出されたり、仕事を貰えなくなると私たち親子は蓄えもないので、野垂れ死ぬしかありません。それが悔しくて……」

お新の声が震えていた。

巳之助は何とかしてやりたい気持ちになったが、子ども同士のことに干渉できないし、いい方法がないだろうかと考えた。

「新しい着物と帯を買ってやれば三吉もいじめられないで済むと思うんです。だから、古着屋ではなくて、呉服屋がいいんです。すみません、こんな話を長々と……」

お新が頭を下げた。

「いえ」

巳之助は短く答えた。

何か言おうと思ったが、すぐには出てこなかった。

「鋳掛屋さんには、いつもよくしてもらって本当に感謝しかありません」

「あっしは大したことしていませんよ」

巳之助はそう言ってから、

「また来ます」

と伝えて、家を出た。

三吉はまだ、木の棒を振り回して稽古していた。

巳之助は三吉を横目に複雑な思いを抱えながら長屋木戸を出て行った。


次の日の昼頃、神田佐久間町に通り掛かったおりに、お新の家を訪ねてみた。

お新の怪我はだいぶよくなっているようで、針仕事をしている時も足を曲げていた。


「今日も直してもらうものはないんですよ」

お新はそう言ったが、

「いえ、昨日頼まれた呉服屋さんのことで来ました」

「そうでしたか。わざわざすみません」

「この近くだと、あっしが出入りしているところで『春日屋』という店がございます。そんなに大きい店ではないんですが、旦那も人柄がよくて、なかなか腕利きです。四、五歳くらいの子の着物を拵えてもらいたいと話したら、旦那の孫がちょうどそのくらいの歳で、色々と作ったそうなんですが、好みにうるさい子で気に入らないものは着ないそうなんです。もし、三吉がいやでなければ、それをただであげても構わないというんですが、どうでしょう」

「え？　本当ですか」

お新は嬉しそうに声を上げた。

「それで、ちょっと丈を直さないといけないかもしれないので、三吉をお借りしてもいいですか」

「もちろんです。いま、三吉は近くの剣術の道場にいるはずです」

「剣術を習い始めたんですか」

「いえ、三吉は外から覗いているそうです」

「そうですか。道場はどの辺りにあるんですか」

「四丁目のところなんですが」

「ああ、わかりました」

巳之助は長屋を出て、左に曲がり、しばらく真っすぐ歩いた。

「杉田《すぎた》竜之進《りゅうのしん》道場」と書かれた看板の横の武者窓から、三吉が背伸びをしながら中を覗いていた。

「三吉」

巳之助は声を掛けた。

「あ、鋳掛屋のおじさん」

三吉は顔だけこちらに向けた。

「面白いか」

巳之助も覗くと、師範代らしい武士が門弟五人と立ち回っていた。

「うん。でも、うちには習うほどのお金はなさそうだから、こうやって毎日見て覚えることにするんだ」

三吉が答えた。

「そうか。そんなに剣術を習いたいなら、俺が教えてやってもいいぞ」

「え？　鋳掛屋のおじさん、剣術出来るの？」

「ああ」

「そいつはすごいや。本当に教えてくれるのかい」

「もちろんだとも」

「じゃあ、おいらは鋳掛屋のおじさんの弟子になる」

三吉が声を弾ませて言った。

巳之助の顔が自然とほころんだ。

「いつでも教えてやるよ」

肩を軽く叩きながら言い、

「それより、ちょっとおっかさんに頼まれてな。『春日屋』という呉服屋に一緒に行こう」

と、切り出した。

「呉服屋？」

「ああ、お前の着物を拵えるんだ」

「新しい着物？」

「そうだ」

「本当かい？　おっかあが、そんなことを？」

「ああ、ちゃんと感謝するんだぞ」

「うん！　おいら、同じ着物を使い古していたから嬉しくなっちゃうな」

「そうか。お前は器量もいいから、きれいな着物を着こなしたら絵になるぞ」

巳之助は三吉を喜ばせながら、『春日屋』に向かって歩き出した。

『春日屋』は新シ橋を渡って、すぐのところにある。

巳之助が店に入ると、初老の物腰の柔らかい旦那が直々に迎えてくれた。番頭や手代は着物の上に春日屋の紋が入った揃いの半纏を着て、小僧たちは藍の前掛けをしていた。

横目で三吉を見ると、初めての呉服屋だからか緊張しているように見えた。

「さあ、お上がりください」

旦那に言われ、三吉は恥ずかしそうにすり減った下駄を小僧に渡した。

三吉だけ旦那に連れられて、店の奥に行くと、巳之助は近くにいた番頭に話しかけた。

「早くていつ仕上がりそうですか」

「そうですね。半月ほどはかかるかもしれませんね」

「もう少し早く出来ませんか。金は余分に払いますから」

「いえ、それには及びませんが、職人の方に優先して作ってもらうように言っておきますよ」

「恐れ入ります」

巳之助は頭を下げてから、

「で、勘定の方なんですが、大体どのくらいかかりますかね」

「絽と単衣《ひとえ》の二着に、帯が二本でしたね」

「ええ。それと、子どもの下駄なんかはありませんかね」

「下駄ですか。確かあったはずです。ちょっと待っていてくださいよ」

番頭が一度店の奥に行き、

「こんなのでよければ」

と、白い鼻緒の桐下駄を持ってきた。

「じゃあ、これもお願いします」

巳之助は頼んだ。

「これは差し上げます」

「いえ、そんな」

「着物を二着も買っていただいてますから」

番頭が笑顔で言った。

「すみません」

巳之助は頭を下げた。

「そうしますと、一両です」

「じゃあ、これで」

巳之助は懐から小判を取り出して渡した。

「ありがとうございます」

番頭は両手で受け取った。

「昨日説明したように、旦那のお孫さんが着なくなったものをあげるという形にしておいてくださいよ」

巳之助は念を押した。

「ええ、承知しております」

そんな話をしていると、奥から三吉が旦那に連れられてやってきた。

「三吉、『春日屋』さんがこの下駄をくれるってよ」

巳之助は旦那に目配せをしてから、三吉に言った。

「え？　本当かい？」

「これだ。履いてみろ」

「うん」

三吉は目を輝かせて、下駄に足を通した。大きさはぴったりだった。

「貰ってもいいんですか」

三吉が旦那を見た。

「ああ、もちろんですとも」

旦那は話を合わせてくれた。

「すごいや。おっかあに自慢しよう」

三吉は嬉しそうに言った。

「じゃあ、よろしくお願いします」

巳之助は『春日屋』を後にした。

五

翌日の夕方、巳之助が長屋に帰って茶漬けを食べていると、腰高障子の向こうに影が映り、「巳之助さん、失礼するよ」と、隣に住む庄助が入ってきた。

庄助は腰高障子を閉めてから、上がってきた。

手には酒徳利を持っている。

すでに酔っぱらっているらしく、顔が赤らんで、千鳥足になっていた。

庄助はよく巳之助の家にやってきて、呑みながらくだを巻いている。どういう訳か、庄助は巳之助の前で呑んで勝手なことを話すのが好きなようだ。

「だいぶ呑んだんですか」

巳之助は騒がしくなりそうだと思いながらきいた。

「ああ、もう呑まずにやってられねえよ」

庄助はどかんと腰を下ろすと、深くため息をついた。それから茶碗に酒を注ぎ、ひとりで呑んでいたが、舌打ちを何度もして耳障りだった。

「何があったんです？」

巳之助はきいた。

「実はよ、俺が昔からお世話になっているお方が亡くなったんだ」

「誰ですか」

「『島田屋』という鼻緒問屋の番頭さんだ」

「もしかして、押し込みがあった」

「そうだ」

と、その男との出会いからの経緯を語り始めた。

その男は今年四十歳で、庄助が十五歳の時から世話になっていたそうだ。生活が苦しい時には、いつも金を貸してくれたりして、弟のように可愛がってもらったという。庄助もその男のことを兄貴と慕っていた。

男は三島の生まれで、十歳くらいの時に十五歳離れている兄に連れられて江戸に出てきた。だが、その兄は誰かを庇うために犠牲になって死んでしまったそうで、まだ小さかったその男を『島田屋』の旦那が実の息子のように世話をしてくれた。その旦那から、人には善を尽くせと言われていたので、貧しいひとたちに心ばかりではあるが、金や食べ物を恵んでいたそうだ。

話を聞いているうちに、自分と似ているような気がして、何だか胸が締め付けられるようであった。

その男は自分でまともに働いた金で施していただろうが、自分は盗みを働いている。それでしか大金を得ることが出来ない。出来ることならば、自分もまともに働いた金で貧しい人々を救ってやりたい気持ちはあるが……。

そして、その男は半月くらい前に店に押し込んできた盗賊に斬られて、何とか一命は取り留めたそうだが、養生の甲斐もなく、昨夜死んだそうだ。

「そんなことで死ぬなんて、悔しくてやり切れねえ」

庄助は恨むように言い放ち、茶碗の酒を一気に口に流し込んだ。

さらに、続けた。

「出来るものなら、俺が仇を取ってやりてえ」

庄助が吐き捨てるように言い、

「神田小僧とはまるで大違いだ」

と、呟いた。

巳之助は一瞬どきっとした。だが、庄助はまさか巳之助が神田小僧だとは思いもしないだろう。

巳之助が黙っていると、

「そうは思わねえか」

庄助がきいてきた。

「え？　何がです？」

「だから、神田小僧は盗みを働くにしても誰も傷つけねえ。それに金を貧しい人々に配っているんだ。それに比べて、その盗賊は金のためなら殺すことだって平気でする。まったく違うだろう」

　庄助が熱く言った。

「ええ」

　巳之助は短く答えた。

「兄貴も神田小僧は立派だと言っていた。そういや、最後に話したのも神田小僧のことだったな」

　庄助が遠い目をした。

「最後はいつ会ったんです？」

「一月くらい前だ。神田小僧は自分と似たような奴じゃないかって、兄貴が言っていたな」

　巳之助は出来るだけ神田小僧のことから話題を逸らそうとしたが、庄助はそのことを話したがった。

「でも、神田小僧も盗人なんでしょう?」

巳之助が静かに言うと、

「盗人だろうが、志が立派だ。江戸っ子で神田小僧を嫌いな奴はいねえはずだ。神田小僧がやっつけてくれたら。でも、ひとりじゃ無理だろうな」

庄助はぼやいた。

「でも、神田小僧なら何とかしてくれるかも……」

巳之助は心の中で、盗賊の正体を暴いてやると決心した。

その時、ふとお新の言葉を思い出した。

まさかとは思ったが、半次に確かめてみようと思った。

「もしも、神田小僧が捕まった時には、俺が身代わりになってもいい」

庄助はそう呟いて、酒を呷った。

それから、しばらく何かを考えるように黙り込んでいたが、終いには胡坐《あぐら》をかいたまま寝てしまった。

巳之助は庄助をそのままにしておいた。

翌朝、巳之助が起きると、庄助も目を覚ました。

「もう朝か。すまねえ、すっかり寝ちまった」

庄助はまだ酒が残っているのか、頭を重そうに押さえながら立ち上がった。

土間に下り、腰高障子に手をかけしな、

「そういや、今度俺のうちの鍋を直してくれるかい」

と、言った。

「ええ、構いませんよ」

「じゃあ、また来る」

庄助は家を出て行った。

それから、巳之助は朝飯を食べて身支度を済ませてから、仕事に向かった。

翌日、巳之助は道具箱を肩にかけて日本橋久松町の長屋を出て、浅草駒形町《こまがたちょう》に行った。裏長屋に入り、半次の暮らしている家の前で名前を呼んでも、半次は出てこなかった。

腰高障子を叩いても、中から反応はない。

「失礼するよ」

巳之助はそう言って、家の中に入った。

その瞬間、かび臭く、むわっとする生暖かい空気が漂ってきた。

四畳半の奥の衝立からは無造作に畳まれた布団がはみ出していた。流しに目を遣ると、洗っていないであろう茶碗が置いたままだ。元々、綺麗好きではない半次だから、片付けもしないで出て行ったのだろう。

しかし、それにしては随分と帰ってきていないような気もする。

部屋に上がり、簞笥の上を指でなぞると、埃が手に付いた。

そんなことをしていると、腰高障子が開き、

「半次、ようやく戻ったのか」

と、職人風の年寄りが入ってきた。

巳之助と男の目が合った。

「お前さん、誰だい」

年寄りは訝しそうにきいた。

「鋳掛屋の巳之助っていうもんです。半次を捜しているんですが」

「そうかい。俺もあいつがいつ帰ってくるかと思っているんだが、もう半月くらいは帰ってこねえ」

「そうですか。何か心当たりはないんですか」

「そういや、半次がいなくなる前日に誰か訪ねてきたな」

年寄りは顎に手を遣って考えるような仕草をした。

「どんな男でしたか」

巳之助はきいた。

「背が低くて、頬骨の張った顔だった。ちょっと、訛りがあったな。どこの訛りかはわからねえが」

「半次に何か言っていたのを聞いていましたか」

「いや、わからねえ。だが、ものすごく丁寧な口調だったから、借金取りではなさそうだった」

「なるほど」

巳之助は頷き、

「その次の日から、半次がいなくなったんですよね」

と、きいた。

「そうだ」

年寄りは頷いた。

すると、そいつが怪しい。盗賊の一味で、半次を仲間に誘いに来たのだろうか。

だが、これ以上、手掛かりはつかめなかった。

巳之助はひとまずこの長屋を離れた。

大川を上流に向かって歩き、吾妻《あずま》橋を渡った。

墨堤には青い葉を付けた桜の木々が並び、その先には武家屋敷が居並んでいる。

肥後新田《しんでん》藩下屋敷の前を左に曲がり、福井藩下屋敷を通り過ぎて、源森《げんもり》川にかかる橋を渡った。

すぐに水戸藩の大きな屋敷が見えた。

その裏手の小梅村に行った。

見渡す限り、田圃《たんぼ》が広がっている。閑散として、百姓家がまばらに建っている。

巳之助は小さな池の前にある水車のある小屋に向かった。

小屋の前で、「鋳掛屋の巳之助だ」と名乗ると、中から二十代後半のすらっとした女が出てきた。

掏摸《すり》の小春《こはる》だ。

「あら、巳之助さん。どうしたの？」

小春は驚きながらも、笑みを見せた。

実に半年ぶりに会う。ふたりは、九郎兵衛や三津五郎、半次と共に、ある商家から宝物を盗むという一件で知り合った。一緒に何かするのは一度限りと決めており、もう町中で会っても他人で通したかった。

だが、この際そんなことを言っていられない。

「最近、半次を見たか」

巳之助は話を切り出した。

「何で半次なんかのことをきくのよ」

小春はなぜか怒ったように答えた。

「だって、お前さんと仲が良さそうだったから」

「そんなわけないでしょう。いつもいがみ合っていたのをお前さんだって知っているだろう」

「でも、それは仲の良い証《あかし》じゃないか」

「私と半次に限っては、そんなことないわよ」

小春は声を荒らげた。

「じゃあ、半次とは会っていないんだな」

巳之助は確かめた。

「まったく会っていないわ」

小春はきっぱりと言った。

「どのくらい会っていないんだ」

「二月くらいよ。それまでは、あいつがちょくちょくここに遊びに来ていたの。金が要るから貸してくれと言ってきたのが最後よ」

「また博打か？」

「本人は違うと言っているけど、どうせ博打に決まっているわ」

「懲りないな」

「倍にして返すとか言っていたけど、まだ金が作れないから返しにも来ないのよ」

小春は呆れたように言った。

「でも、博打とわかっていたら貸さなきゃいいだろう」

巳之助が指摘した。

「押し切られたの」

小春はばつの悪そうな顔で言い、

「とにかく、あいつはもう私に二度と顔を見せないつもりだよ。まったく、義理も人情もないんだから」

と、小春はそれからずっと半次に対する愚痴を並べた。

だが、聞いていると、やはり小春は半次のことが好きだったのではないかと思えて仕方ない。

「半次と何があったんだ？」

巳之助はきいた。

「別に……」

小春は目を逸らして、

「そうだ、お前さんは鋳掛屋だから方々、行っているね。両国とか馬喰町《ばくろちょう》辺りで、色白で、眉が細くて、鼻が高くて、髷の先っちょを散らしている粋な男を見かけなかったかい」

と、話題を切り替えた。

「さあ、通行人の顔なんかよく見ていないからわからない」

巳之助は素っ気なく答えた。

「じゃあ、今度からちゃんと見てよね。それで、もし似た男を見つけたら教えて欲しいんだけど」

「その男は何なんだ」

「いや、誰かわからないの。でも、いい男だから気になって」

「三津五郎とはどうしたんだ？」

半年前に会った時には、小春は三津五郎に惚れ切っていた。

「あの人のことはもう忘れたの。あれもいい男だけど、私とは合わないなって気づいたの」

小春はさっぱりとした口調で言った。

これ以上、小春と一緒にいても話が長くなるだけだと思い、

「じゃあ、俺は帰る」

と、言って踵《きびす》を返した。

「待って」

小春は引き留めた。

「まだ何かあるのか」

「さっき言っていた男、見つけたら私に教えてよね」

小春がしつこく言った。

「ああ、わかった」

巳之助はいい加減に返事をして、その場を去り、次に九郎兵衛が住む田原町に足を向けた。

第二章　半次の行方

一

蟬の声が庭中に響き、一匹が軒下から盗賊を縛り付けていた大きな木の方に飛んでいった。

九郎兵衛《くろべえ》が庵の窓から庭を見ていると、手代の栄太郎《えいたろう》がやってくるのが見えた。

そして、引き戸が叩かれ、

「松永《まつなが》さま、よろしいですか」

と、声が聞こえた。

四角い大きな顔に似合わず、いつも物腰が柔らかい。番頭の玉之助《たまのすけ》からもかなり信頼されている男だった。

九郎兵衛は戸を開けた。

「番頭さんがお呼びです。来て頂けますか」

栄太郎が中腰でものを訊ねるように言った。

「番頭が？　何の用だ」

九郎兵衛はきいた。

「この仕事のことで、色々と話したいことがあるそうです」

栄太郎は口を濁した。

最近、玉之助は九郎兵衛に『川端屋《かわばた》』にはもう盗賊は入ってこないから用心棒は必要がないということを遠回しに言ってきた。

その度に九郎兵衛は無視してきたが、またその話だろうと思った。

「わかった」

九郎兵衛は栄太郎に付いて行った。

母屋に入り、廊下を歩いて番頭部屋の前に立った。襖は開けっぱなしになっており、玉之助は算盤を弾いて、帳面に記している。だが、すぐに手を止めて、九郎兵衛に座るよう勧めた。

九郎兵衛と玉之助は向かい合って座った。

「松永さま、この間はありがとうございました。おかげさまで押し込みも防ぐことが出来ました。これで押し込みの心配はなくなりましたので、もうお引き取り頂いても大丈夫でございます」

玉之助は礼を述べてから、やんわりと用心棒を辞めるように促した。

「そうではない。押し込みは裏口から入ってきたのだ。内部にいた人間が裏口の錠を開けたとしか考えられぬ。それに拙者が捕まえた賊は逃げた。そのことも気になるんだ。だから、終わっていないのだ」

九郎兵衛は険しい顔で言い返した。

「いや、それは……」

玉之助は躊躇《ためら》った。

「何だ、言ってみろ」

「確かに、内部の者が裏口の錠を開けたのかもしれません。しかし、内儀《おかみ》さんが松永さまを雇ってからすぐに押し込みが入っています」

「何だ、拙者が手引きしたとでも言うのか」

「そうではありませんが……」

玉之助は言葉を濁したが、

「押し込みの件は奉行所が調べております。奉公人も多くおりますから、何かあったとしても松永さまがいらっしゃらなくても大丈夫です」

と言って、脇に置いてあった手文庫から紫色の袱紗《ふくさ》に包んだものを九郎兵衛の目の前に置いた。

「どうぞ、お納めください」

玉之助が付け加えた。

「これは何だ」

九郎兵衛が袱紗を開けると、小判が束ねられていた。

「ここに五両あります。内儀さんが出す金とは別にお納めください」

玉之助は頭を下げた。

「これで辞めろというのか」

九郎兵衛は強い口調できいた。

「はい」

玉之助は答えた。

「内儀も承知しているのか」

「いえ……」

「おぬしの一存だな」

初めに『川端屋』に来た時から、おえんと玉之助とはうまくいっているようには思えなかった。それに、盗賊を『川端屋』に引き入れたのではないかと疑ったことでもわかるように、おえんを信じていないようだ。

ふと、九郎兵衛は金を見て、あることを思いついた。

おえんとの約束で、盗賊を退治したら十両貰うことになっている。だが、このことで番頭から、もっと金を取れそうだ。

「話はわかった。だが、五両というのは安すぎる」

九郎兵衛は一蹴した。

「五両が安いですと？」

玉之助が驚いたようにきいた。

「そうだ。ここを辞めたら、また仕事を探さなければならぬ。それまでの手当も出してもらわなければ」

「しかし、あなたほどのお方であればすぐに仕事は見つかるはずです」

「内儀が出してくれたような好い条件のところはなかなかない。そういうところを見つけるのには、まあ少なくとも三月《みつき》は掛かろう。三月分の金を頂きたい」

「三月分も？」

「そうだ」

九郎兵衛は頷いた。

「それはあんまりじゃございませんか」

玉之助は苦い顔で言った。

「内儀に無断で勝手に拙者を辞めさせるのだから、高くはない」

「そんな……」

「それより、何故拙者を追い払おうとするのだ」

九郎兵衛は単刀直入にきいた。

「さっきも申しましたように用心棒は不要です」

「本当にそれだけの理由か？　別に内儀がここの用心棒に雇ったからと言っても、拙者は内儀に義理があるわけではない。内儀もよくわからないところがある。拙者はたまた三津五郎《みつごろう》から紹介されただけだ。三津五郎も内儀とは偶然出会っただけだ」

九郎兵衛はおえんとの関係を改めて説明してから、

「それで、一体なぜ内儀を毛嫌いするのだ」

と、玉之助の顔を睨みつけた。

「実は……」

玉之助は腹を決めたように口を開いた。

「私もいままで他の色々なお店《たな》の内儀さんたちを見てきましたが、あの方は商家の内儀に向くようなひとではありません。商家というのは内儀によって決まると言っても過言ではございません。うちの内儀さんのような奔放な方では、『川端屋』は長く続かないでしょう」

「奔放というのは、どういうことだ」

「この間も言いましたように、ひとりで勝手に出歩いているのは、男と密会するためじゃないか。そうだとすると、ゆくゆくはその男を『川端屋』に引き入れようと考えているのではないかと心配しています」

　玉之助は困ったような顔をして説明した。

「まさか、そんなことはないだろう」

「いえ、何のために出歩いているのか答えてくれません。だから、信用できないのです」

「確かにな。お前さんの言うこともわからんでもない。だが、内儀は『川端屋』のことを大事に思っているみたいだぞ。だから、拙者を用心棒にして守ろうとしたんだ」

「そうでしょうか」

　玉之助は疑わしい目つきをした。

「いや、間違いない。確かに、内儀としてどうかは拙者にはわからん。しかし、仮に内儀として何かが欠けていたとしても、お前さんが支えていれば『川端屋』は守れるのではないか」

「そうなんでございますが、内儀さんはご存じの通り頑固でございますから、私の言うことなんか聞きません。大旦那さまからも注意するように言い付けられているのです」

「注意とは何だ？」

「内儀さんが間違いを犯さないようにです」

「大旦那は内儀のことをどう思っているんだ」

「私と同じだと思います」

「お前さんがそう告げているからだろう」

九郎兵衛は決めつけてから、

「大旦那というのは、どういう人なんだ」

と、訊ねた。

「物事をとても深く考えるお方です。まだ達者なのに、自分が身を引いたほうが『川端屋』のためだと、隠居なされました。事実、亡くなられた旦那に代わってからのほうが売り上げがよくなったので、大旦那さまは正しかったのだと、いまになって思います。ただ、私としては、大旦那さまに『川端屋』に戻ってきていただければと思います。私もそれとなく言っているのですが……」

玉之助はため息交じりに言った。

「内儀が拙者を用心棒に雇ったから、『川端屋』は難を逃れたことを大旦那も知っているのだろう」

「はい」

「大旦那が内儀のことで誤解しているといけない。拙者が直接会って話してみる」

「そこまで、松永さまがするのは……」

「内儀から雇われているのに、お前さんから辞めるように言われているのだ。だから、大旦那の意見を聞いて、それに従う」

「………」

「文句があるか」

「いえ、そういうわけじゃありませんが。松永さまが行ったところで、大旦那さまが話を聞くとは思いません」

「行ってみないとわからないだろう。大旦那は柳島《やなぎしま》のどこら辺に住んでいるのだ」

九郎兵衛は睨みつけるようにきいた。

「妙見さまの近くです」

玉之助は渋々答えた。

「わかった」

九郎兵衛は袱紗を突き返してから立ち上がり、玉之助の部屋を出た。

襖を開けると、栄太郎が立っていた。

「何をしているんだ」

九郎兵衛は咎めた。

「いえ、私も松永さまにお話があって」

「何だ？」

「ここでは話しにくいので、庭に出て頂けますか」

栄太郎が小声で言った。

「いいだろう」

九郎兵衛は栄太郎に付いて行った。勝手口から裏庭に出て、くぐり戸の近くの蔵の横で立ち止まった。

「いままで黙っていたのですが、お話ししておいたほうがよいと思いまして」

栄太郎が改まった口調で話し出した。

「なんだ」

九郎兵衛は鋭くきいた。

「内儀さんはあなたをいいように利用しようとしているだけなんです」

栄太郎は声を少し大きくした。

「言っている意味がよくわからん」

九郎兵衛は斬り捨てるように言ったが、栄太郎は、

「内儀さんは堅気じゃありません。元は品川で飯盛り女をしていたんです」

と、言い出した。

「料理屋の女中ではないのか」

「本人はそう言っていますけど、違うと思います。というのも、旦那の葬儀の時に、得意先の方が、昔内儀さんにそっくりな女を品川で相手にしたことがあると言っていたんです。旦那は急に病で亡くなったので、番頭さんが内儀さんを怪しんでいたんです。そういうこともあって、品川まで調べに行ったことがあるんです。内儀さんと同じような容姿の女が働いていたことがわかり、さらに『川端屋』に嫁いでくる時期にその店を辞めているんです」

「何ていう店だ」

「『立花屋』という店です」

「その時は、何と名乗っていたんだ」

「小菊《こぎく》です」

九郎兵衛はおえんの顔を思い出しながら、品川で飯盛り女をしている姿を想像した。

「小菊には間夫《まぶ》がいたそうです。最近出歩いていたのはその男と会うためじゃないかと思っているんです」

栄太郎は小声になって、さらに続けた。

「実は旦那は病気で亡くなったことになっていますけど、毒を盛られたんじゃないかという話もあるんです」

「内儀が殺したというのか」

「いえ、その証《あかし》はありませんが、旦那が病に臥せっていた時に、内儀さんが勝手にどこからか医者を連れてきましたし、薬を煎じるのもいつも内儀さんでした。そこに毒が盛られていたということも考えられます」

「考え過ぎだ。そもそも、何のために旦那を殺したというのだ」

「『川端屋』を乗っ取ろうとしているのではないかと思います。旦那が亡くなれば、まだ幼いご子息を『川端屋』の主として立てることが出来る。それから間夫だった男を引っ張り込もうとしているんだと思います」

「お前の勝手な想像だろう？」

「いえ、実は内儀さんが外出した時、一度小僧に尾けさせたことがあります。両国《りょうごく》広小路《ひろこうじ》で誰かを捜しているようだったということです。だから、その相手が間夫だと思うんです」

栄太郎は決めつけるように言い、

「いつまでもここにいては、松永さまのためにもなりません。番頭さんが言うように、この店を去るべきだと思います」

と付け加えた。

「俺のためだと？」

九郎兵衛は冷笑を浮かべた。

「それよりも、この際だ、ききたいことがある」

「何でしょう？」

「押し込みの時に賊を縛ったのは、お前だったな」

「ええ」

「ちゃんと、縛ったのか」

九郎兵衛は疑わしい目つきをして、きいた。

あの時、裏口を開けて盗賊を中に引き入れたのは栄太郎ではないか。栄太郎が、賊が逃げられるようにわざと縄を緩くしておいたのではないかとも疑っている。

「はい、ちゃんと縛りました。逃げられたのは、私のせいじゃないです」

栄太郎は否定した。

「まあ、いい。番頭もお前も俺を辞めさせたがっているようだが、俺が辞めるかどうかは大旦那の考えを聞いてからだ」

「大旦那さま？」

栄太郎が訝しんだ。

「さっき盗み聞きしていただろう」

九郎兵衛が強く言った。

「いえ、盗み聞きなど」

九郎兵衛はその場から離れて、庵に戻った。

いままで番頭の玉之助が自分を辞めさせようと画策していると思っていたが、栄太郎が玉之助をそそのかしているのではないか。そんな気がした。

あれから盗賊がやってくる気配はなかった。しかし、必ず近いうちにまた押し入りに来ると確信していた。

二

翌朝、九郎兵衛は『川端屋』から柳島の大旦那のところに向かおうと、裏のくぐり戸を開けた。

その時、外から帰ってきた三十代半ばくらいの女とぶつかりそうになった。この女は確か女中頭でお墨《すみ》という名であったはずだ。

「失礼致しました」

お墨が先に九郎兵衛を通した。

「すまぬ」

九郎兵衛は戸をくぐった。

それから、お墨が入ろうとした時、

「少し訊ねてもいいか」

九郎兵衛は急に思い出したように口を開いた。

「あ、はい」

お墨は緊張したような顔つきで振り向いた。

「お前さんはここに勤めて長いのか」

「もう二十年近くになります」

「じゃあ、亡くなった旦那と内儀の馴《な》れ初《そ》めも知っているのだな」

「はい」

「内儀が品川で飯盛り女をしていたというのは本当か」

「いえ、そんな噂もありますけど、私は違うと思います」

「ふたりはどうだったんだ」

「とても仲が良かったです」

「番頭と手代は内儀のことを疎ましく思っているようだが、お前さんはどう思っているんだ？」

「どうっていいますと？」

「では、はっきり言うが、『川端屋』の者たちは内儀が旦那を殺したという風に思っているそうだな」

「私はそんなことはないと思います」

「他の者たちは？」

「別に怪しんでいません。ただ、番頭さんと手代の栄太郎さんがそういう風に言っているだけで、私は信じていません。内儀さんは一生懸命に旦那さまの看病をしておりました」

「では、『川端屋』の内儀としては相応《ふさわ》しいと思うか」

「はい。内儀さんは身を粉にして『川端屋』のために働いています。ただ、気が強いのかきつい言い方をするので、『川端屋』の奉公人たちが煙たがっているところはありました。だから、変な噂が流れているのだと思います」

「すると、内儀は何の問題もないのか」

「はい、ありません」

そう言ったあと、お墨は一瞬顔を曇らせた。

「どうした」

「いえ」

「言ってみろ」

「ひとつだけ気になることが」

「なんだ」

「この間、盗賊が入ってきた時のことです。内儀さんが木に縛り付けていた男を逃がしたのを二階から見てしまったのです」

「なに、内儀が逃がした？」

九郎兵衛は思わず声を上げた。

「ええ、そのことははっきり見ました」

お墨は真っすぐな目で言った。嘘を吐《つ》いているようには思えない。

「この話は誰かにしたか？」

「いえ、誰にも」

「どうしてだ」

「内儀さんに不利になるようなことを言いたくないんです。それにいまから思うと、ほんとうに内儀さんが縄を解いたのかもわからなくって」

てっきり、栄太郎が男の縄を緩くしておいて逃がした、と思っていた。だが、お墨の話がほんとうだとすると、栄太郎が裏のくぐり戸を開けて、盗賊を中に誘導したというのも見当違いだったのだろうか。

裏口を開けたのが栄太郎で、男を逃がしたのはおえんなのだろうか。ふたりは裏で手を組んでいるのか。

一瞬、そんなことが過《よぎ》ったが、栄太郎はおえんに旦那殺しの疑いを向けている。

そのことをどう考えるか。

ふたりが手を組んでいるのを隠すためだろうか。

「手代の栄太郎とはどんな奴なんだ」

九郎兵衛がきいた。

「栄太郎さんは『川端屋』に来て八年くらいですかね。以前はどこかの質屋で働いていたそうですが、大旦那さまが質屋の旦那さんに頼まれて引き取ったそうです。なかなか仕事が出来るひとで、物腰も柔らかくて、女中の間でも評判がいいですよ」

お墨が説明した。

「あの、私はそろそろ行かなければなりませんので」

お墨が恐る恐る言った。

「呼び止めてすまなかった」

九郎兵衛はお墨と別れた。

もやもやした気持ちを抱えながら、田原町《たわらまち》に足を向けて歩き出した。

神田川を越えて、向柳原《むこうやなぎわら》を通り、田原町までやってきた。

ふと、留守にしている長屋のことを思い出して、寄ってみようと思ったのだ。

田原町の長屋に帰ると、井戸端で隣に住むおかみさんが水を汲んでいた。

「随分、留守にしていましたが、どうしていたんですか」

「仕事だ。またこれから出かける」

「ああ、そうですか」

「留守中、俺の家に何かなかったか」

「さっき、男のひとが訪ねてきましたよ」

「どんな男だ」

九郎兵衛はきいた。

「痩せた切れ長の目の男ですよ」

おかみさんは答えたが、九郎兵衛にはそれが誰だか思い浮かばなかった。

「他に何か特徴はなかったか」

「道具箱を持っていましたね。あとはふいごもありましたかね」

「そうか」

九郎兵衛の頭に、巳之助《みのすけ》が浮かんだ。

「またあとで来ると言っていましたよ」

おかみさんは桶を持って、家に戻った。

九郎兵衛も自分の家に入って、巳之助は一体何のために来たのだろうと考えた。

しばらく休息を取ってから長屋を出た。

九郎兵衛は田原町から与一郎《よいちろう》が住む柳島に向かった。吾妻橋《あずまばし》を渡り、中之郷《なかのごう》を抜けて、業平橋《なりひらばし》を渡った。北十間川《きたじっけんがわ》沿いを歩いていると、二十代半ばくらいの綺麗な女が駆けよってきた。

「お侍さん、子どもが怪我をして動けないんです。助けてください」

女は慌てた様子で言った。

「案内しろ」

九郎兵衛は女に連れられ、十間橋から離れ、人気《ひとけ》のない田圃《たんぼ》の方に行った。

子どもがいる様子もない。

「どこだ」

九郎兵衛は不審に思ってきいた。

その時、百姓家の裏から四人の浪人たちが出てきた。皆、屈強な体つきをしており、いかつい顔をしている。中でも一番大きな浪人が頭目らしい。

女はいつの間にかいなくなっていた。

浪人たちは刀を抜いた。

「何者だ」

「………」

「松永九郎兵衛と知ってのことか」

九郎兵衛は三日月に手をかけながら、浪人たちを見た。

ただの狼藉者ではないようだ。
「お前たち、誰に頼まれた」
浪人たちの顔は至って冷静で、寸分の隙もない構えだ。
腕に余程自信があるようだ。
四人は九郎兵衛を囲んだ。
九郎兵衛は目を閉じて、耳を澄ました。
次の瞬間、左後ろから地面を蹴る音がした。
九郎兵衛は目を開けた。右足を前に出し、半身を翻して、峰打ちで斬りつけた。
だが、相手は巧みに避けた。
他の三人がなだれ込むように九郎兵衛に刀を振りかざして向かってくる。
九郎兵衛は正眼に構えた剣で次々と払っていった。
だが、敵の攻撃はすさまじい。
しかし、九郎兵衛も負けじと応戦した。
やがて、相手の動きが止まった。
構えたまま斬りかかってこない。

「おぬしたち、誰に頼まれたんだ」

九郎兵衛はもう一度きいた。

「『川端屋』の誰かから指示されたのか」

「…………」

ふと、遠くの方からこちらに向かってくる人の声が聞こえてきた。

「引けっ」

大柄な浪人が低く号令する。

浪人たちはバラバラに散った。

九郎兵衛は刀を鞘に収めて、先を急いだ。

鍬を持った百姓とすれ違った。


柳島の寮は思ったよりもこぢんまりとして質素であった。年輩の女と若い女中とそれに下男がいるだけだった。

与一郎は日焼けした肌に頬がこけているので老けて見えるが、目の輝きは衰えていなかった。

「お前さんが松永九郎兵衛さまですか」

与一郎は言った。

「そうだ」

九郎兵衛は答えた。

「この前の押し込みの時には、『川端屋』を守ってくださり、ありがとうございました」

「はい」

「全て、番頭の玉之助から報せが届いているのですな」

「拙者がここに訪ねてきた理由もか」

「ええ、用心棒のことですね」

「いかにも」

「松永さまは『川端屋』にまだ用心棒が必要だとお思いですか」

「また必ず押し込みがあると思っている。同心から聞いた話では、悪太郎は執念深い盗賊のようだ。狙った押し込みは必ず成功させるまでやるはずだ」

九郎兵衛は言い切った。

「玉之助の話では、もう安心だし、用心棒も必要ないという風に言っていますが」

「そんなことはない。それに内儀の護衛も頼まれている」

「おえんはそんなにしょっちゅう出歩いているのですか」

「近頃はそうでもない。現に拙者がここまで来れている。だから今日は店にいる」

「おえんは何しに外出するんでしょうね。何か言っていましたか」

「いや、何も」

「玉之助は、おえんが間夫だった男と会っているんじゃないかと心配をしていますが」

「いや、そこまではわからぬ」

「それにしても、おえんには困ったものです。倅《せがれ》が気に入って嫁に貰ったから仕方がないにせよ、もう少しうまくやってくれるといいのですが」

与一郎はぼやいた。

「玉之助は内儀に不審を抱いているようだが、そもそも大旦那がそう思っているのか」

「いや、玉之助がおえんの日ごろの様子を見てそれらしいことを言ってきているのです。私はよくわからない。出来ることなら、ふたりに仲良くしてもらいたいのですが」

と、大旦那は呟いた。

「それなら、大旦那が『川端屋』に戻ってくればいいのでは？」

「私は一度身を引きましたから。もうとっくに商売の勘もなくして戻ることは出来ませんよ」

「でも、孫に商売のことを教えているのではないか」

「いえ、読み書き算盤だけです」

「だが、玉之助は帰ってくることを望んでいるぞ」

「おえんの扱いに困っているのでしょう。商売は玉之助に任せておけば何ともありませんから。それより、与吉《よきち》を立派な商家の旦那に育て上げることが私の使命だと思っています」

与一郎はしみじみと言った。

「では、戻る気はないのだな」

九郎兵衛は確かめた。

「そうですな。もし、おえんと玉之助がどうしてもうまくいかなくなれば、私が出て行かなければなりませんが」

与一郎は苦い顔をした。

「内儀のことで、妙なことを聞いた」

九郎兵衛は改まった声で言った。

「なんでしょう？」

「内儀は品川で飯盛り女だったのか」

「手代の栄太郎から聞いたのですね」

与一郎が顔をしかめ、

「誰にも言うなと言っておいたのに」

と、不快そうな顔をした。

「やはり、そうなのか」

「いえ、わかりません。だけど、仮にそうであったとしても、昔のことは関係ありません」

「では、内儀として立派にやっていければ、認めるのだな」

「はい」

与一郎は頷いた。

「それならば、拙者がふたりを仲良くさせよう」

「え？　あなたが？」

「出来ぬと思うか」

「いえ、そうではありませんが。私や倅にも出来ませんでしたから。きっと、難しいんじゃないかと思うんです」

「いや、必ずしてみせる。ただ、それがうまくいった折には、いくらか貰いたい」

九郎兵衛が切り出した。

「わかりました。お約束しましょう」

与一郎が頷いた。

「では、また来る」

九郎兵衛は立ち上がった。

あのふたりを仲良くさせる手立てはまだないが、直感で出来る気がしていた。そうすれば、おえんからも金を貰い、与一郎からも金を貰える。その後、『川端屋』

を辞めると言えば、玉之助からも金を貰えるだろうと目論んだ。

帰り道、さっき襲ってきた連中のことを思い出した。ひょっとして、悪太郎一味の者だろうか。そう考えながら、吾妻橋を渡って行った。

三

夕方になっても暑さが残る道を巳之助は歩いていた。

武家屋敷が建ち並ぶ一帯を通り、高岡藩上屋敷の隣の元黒門町《もとくろもんちょう》までやってきた。そこの裏長屋に三津五郎の住まいがある。三津五郎を訪ねて、ここ何日か来ているが、運悪く三津五郎は留守だった。

今日も三津五郎がいるかわからなかったが、時刻をずらして来た。

ただ、三津五郎がいたところで、半次《はんじ》のことを知っているとは限らない。小春《こはる》は半次のことは知らない。昼前に九郎兵衛を訪ねたが留守だった。

もしかして、九郎兵衛も半次と一緒に盗賊の仲間になっているのではないかと思いもしたが、あの九郎兵衛が武士の誇りを捨てるとは思えない。まして、押し込んだ家の者を斬りつけるという非道なことをするなんてありえない。

三津五郎は賭場に出入りしているので、半次のことを知っているかもしれないと思った。

家の中からは誰かがいる気配がしたので、

「三津五郎、巳之助だ」

と、声を掛けた。

「巳之助だって？」

疑うような声色で、三津五郎が出てきた。いままで寝ていたのか、鬢《びん》が撥ねていて、眠そうな目を擦っていた。

「おう、久しぶりだな」

三津五郎は驚いたような声を出した。

「寝ていたのか」

巳之助はきいた。

「ちょっと、昨夜遅かったからな。まあ、中に入ってくれ」

三津五郎が招き入れてくれた。

四畳半には着物や浴衣がたくさん積まれていて、履物も多かった。全て女から貰ったものなのだろう。明らかに三津五郎が身に着けないであろうものも多くあるが、その女と会う時に使うのだろうかと思った。

「また俺と手を組もうっていうのか」

三津五郎は冗談っぽく言った。

「そんなんじゃない。半次を捜しているんだ」

「半次？　どうしてまた？」

「いや、ちょっと。得意先のひとが半次に恩を受けたから会って礼を言いたいそうだ」

「半次がそんな他人様《ひと》の役に立つことをするのかな」

三津五郎は笑いながら言った。

「小春にきいてみたら、二月《ふたつき》くらい前に半次が金を借りに来た。それから会っていないそうだ。三日月の旦那を訪ねてみたが留守だった」

「ああ、三日月の旦那ならしばらく帰ってこないだろう」

「何か知っているのか」

「俺が用心棒の仕事を世話してやったんだ」

「どこの店だ」

「神田小柳町《こやなぎちょう》にある紙問屋の『川端屋』だ。だが、俺が半次のことを話題にあげたらしばらく会っていないと言っていた」

「そうか」

「小春から借りていたっていうことは、余程金に困っていたんだな」

「あいつのことだから博打だろう」

「あ、そういえば……」

三津五郎は思い出したように声を上げた。

「どうしたんだ」

巳之助はすかさずきいた。

「いや、賭場でも最近半次のことを聞かねえなと思って。あいつが親しくしていた若旦那も急に賭場に来なくなったらしいんだ」

「若旦那って？」

「さあ、俺は会ったことがないから知らねえんだ。だが、しょっちゅう賭場に出入りしていた二十歳そこそこの奴みたいだ」

「そうか。その若旦那とも何か関係あるかもしれないな。すまねえが若旦那がどこの誰か調べてきてくれないか」

巳之助が頼んだ。

この際、半次と関わっている者なら誰でも会って話を聞いてみようと思ったのだ。

「よし、わかった」

三津五郎が威勢よく立ち上がった。

帯をまき直し、髷《まげ》を整えながら、

「お前も付いてくるか」

と、誘ってきた。

「いや、俺は賭場なんか……」

巳之助は首を横に振った。

「何かわかったら、久松町《ひさまつちょう》に行くよ」

「よろしく頼む」

巳之助は三津五郎にそう言うと、一緒に家を出た。

賭場は薬研堀《やげんぼり》の近くの旗本屋敷であるらしく、方面が違うので長屋木戸を出てすぐに別れた。

それから、巳之助は「いかけえ」と声を掛けながら、日本橋久松町に向かって歩き出した。

もう辺りには提灯の灯りが所々点り始めていた。

数日後、両国広小路でばったり小春とすれ違った。相変わらず機敏な動きを見せて、通りをゆく人の懐や袂から財布を掏《す》っていた。

だが、巳之助のことには気が付いていないようだった。

「小春」

巳之助が声を掛けると、小春はびくっと肩を上げた。

それから、小春は振り向いた。

「なんだ、あんたか」

小春は安心したように言った。

「半次のことは何もわからねえか」

「うん、さっぱりよ。もうあんな奴のことなんかどうでもいいじゃない。それより、あんたは私が見かけた好い男を知らないかい」

「え？　なんのことだ」

「ほら、この間、言ったじゃない」

「そうだっけ」

巳之助は半次のことに気が向かっていて、小春に何か言われたようだったが、それが何だったのか思い出せない。

「まったく、話を聞いていないんだから。色白で、眉が細くて、鼻が高くて、髷の先っちょを散らしている粋な男よ。そいつを捜しているの」

小春は呆れたように言った。

そう言われてみれば、髷の先っちょを散らした男という言葉に聞き覚えがあった。

「でもな、それだけじゃ見つけられない」

「本当に好い男なんだから、すぐわかるわ。三津五郎さんを少しきりっとさせて、背丈も伸ばしたような感じよ」

小春がそう説明した時、ふと思い出した。

そういえば、以前『島田屋』に押し込みがあった翌日、三津五郎に似た男を見かけた。

「そういや、男は訛《なま》っていなかったか」

「そうね、江戸の言葉を使っていたけど、なんか聞いたことないような言葉があったわ。えーと、確か『あぶせえ』とか言っていたっけな」

「すると、あの男かもしれねえ」

巳之助は呟いた。

「えっ、知っているの」

「あぶせえ」というのは巳之助の生まれ故郷である木曽でも聞いたことがある。甲州や上州から来る者たちが使っていた。

「まあ、ちょっと引っ掛かる男はいる」

「そいつをどこで見たんだい」

小春がきいた。

「神田佐久間町《さくまちよう》だ」

「じゃあ、そこら辺の商家の奉公人かしら。でも、あの感じからして奉公人ではないわ。武士でもなさそうだし、案外私と同じことをしているのかもしれないわね」

「俺が思っている男はそんな感じではなかったけど」

「そうなのね」

小春は上目遣いで考えるような仕草をした。

「そもそも、そいつとはどうやって会ったんだ？」

「私がそいつの財布を掏ろうとしたら、見破られたのよ。だけど、何も咎められることなく、笑って放してくれたんだ」

「それで惚れたのか」

巳之助は素直にきいた。

「うん」

小春は色っぽく微笑みながら頷いた。

「そうか。じゃあ、そいつのことも調べてみるか」

「ほんとう？」

「ああ。お前さんも何かわかったら教えてくれ」

「もちろん。でも、あんたはその男とどういう因縁《いんねん》があるの？　ひょっとして、盗みの邪魔でもされたのかい」

　小春が目を細めて、にたついた顔をした。

「いや」

　巳之助は短く答えた。

「まあ、いいわ。そうだとしたら、ますますあの男を好きになるわ」

「ん？」

「だって、神田小僧《かんだこぞう》を負かした奴だもの」

　小春が愉快そうに言った。

「あまり人前でその名を出すな。誰が聞いているかわからねえ」

　巳之助は小春の無頓着さに腹が立って、注意した。

　しかし、小春は気に留めていないのか、

「あっ、金を持っていそうな奴が来た。じゃあ、またね」

と、すたすた両国橋の方に歩いて行った。

　振り返ると、恰幅の良い商家の旦那風の男を尾けていく小春の姿が見えた。

　太陽はそんな小春を咎めるように強い光を放って燃えていた。

だが、小春は涼し気な顔をして、財布を掏って行った。

四

巳之助が神田佐久間町の裏長屋に行くと、井戸のところで水の入った桶を重そうに持ち上げるお新《しん》の姿が見えた。

「あっしがやりますよ」

巳之助が駆け寄った。

「鋳掛屋《いかけや》さん、大丈夫ですのに」

お新は遠慮がちに言った。

「また怪我したら大変ですから」

巳之助は桶を土間に運び、中身を水甕に移した。

「ありがとうございます」

お新は頭を下げてから、

「今日は包丁を研いでもらいたいのですが」

と、流しに向かいながら言った。

「ええ、構いませんよ」

巳之助は道具箱から小さな研ぎ石を取り出して、お新から受け取った包丁をそこに当てた。

お新は四畳半に上がってから、

「この間は呉服屋さんに三吉《さんきち》を連れて行ってくださって、ありがとうございました。下駄まで頂いたそうで」

と、申し訳なさそうな顔をした。

「いえ、いいんです。それより、三吉はまた剣術道場に行っているのですか」

「多分、そうだと思います。鋳掛屋さんが剣術を教えてくれるのを楽しみにしていますよ」

「そうですか。ここ数日伺えないままで、三吉に悪いなと思っていたのですが」

「気にしないでください。それより、ご迷惑ではないですか」

「いえ、迷惑だなんて」

「それならいいのですが……」

「免許皆伝の腕前とは言えないですが、あっしが教えられることであれば」

「何から何まですみません」

お新は頭を下げた。

「そういえば、質に入れたものをいまからでもあっしが取りに行きますよ」

巳之助は思い出したように言った。

「いいえ、大丈夫です」

「遠慮しないでください」

「いや、そうじゃなくて……」

お新は口ごもった。

「どうされました？」

巳之助は包丁を研ぐ手を止め、お新を見た。

「この間、三吉がどこかで筆が五両で売れたことを喋ったらしく、あの筆をくれた大工のおかみさんが訪ねてきて、そんな高価なものだと知らなかったから返して欲しいと言ってきたんです」

「無茶苦茶なことを言ってきますね」

「そうなんですけど……」

「お新さんは何て答えたんですか」

巳之助は不安になってきいた。

「いまさら買い戻すことも出来ないと言うと、じゃあ半分の二両二分でいいからと言うので……」

お新は顔を俯けて答えた。

「渡したんですか」

「ええ、その人にもお世話になっているので、断ることは出来なかったんです」

「ひどいじゃありませんか。あれはお新さんの金ですよ」

「でも、元はといえば、その方がくれた筆ですし……」

「いえ、貰ったものを後でとやかく言われる筋合いはありませんよ」

「………」

「その人はどこに住んでいるんですか」

「すぐ向かいです」

「そうですか」

巳之助は怒りを抑えつつ、再び包丁を研ぎ始めた。

それが終わると、

「また来ます」

巳之助はお代を貰わずに出て行こうとした。

「鋳掛屋さん」

お新が真剣な声で呼び止めた。

「何です？」

「お願いですから、その方に文句を言うようなことだけはやめてください」

お新が頭を下げた。

「このまま黙っていたら、また何をされるかわかりませんよ」

「でも……」

「それでも、いいのですか」

「波風立てないでいたいんです」

お新の消え入るような声に、巳之助は心が痛くなった。

しかし、向かいの住人のことは許せなかった。

巳之助は深呼吸をして、

「わかりました。でも、そんな理不尽なことは許されません。何か考えておきますから」

そう言って、長屋を出た。

焼けつくような日差しを浴びて、御成《おなり》街道に足を向けた。そこを真っすぐ行き、不忍の池の手前で左に曲がり、元黒門町に入った。

三津五郎が住んでいる裏長屋の家の前に立った。

腰高障子を開くと、三津五郎はうとうと本を読んでいた。

巳之助が土間に入ると、三津五郎は目を開いた。

「いつの間に来たんだ」

「いま来たばかりだ。それより、何を読んでいるんだ」

「吉原の遊女のことが書いてあるんだ」

と巳之助に本の中身を見せてきて、

「ほら、『三浦屋』の加瀬川《かせがわ》という女は、本名ミツ、遠州の生まれで、歳は二十三、背は低いが肉付きが良く、八重歯があると書いてあるだろう」

と、次の頁を捲《めく》った。

「そんなのを読んでどうするんだ」

「若旦那のことを調べるのに必要なんだ。誰かをおだてる時に、そいつが通っている女が褒めていたと嘘でもいいから言えば喜ぶだろう。ただ、どんな女か知らないといけねえから、この本で調べているんだ」

三津五郎は真面目な顔をして言い、

「それより、例の若旦那が誰かわかった」

と、続けた。

「どこの店の若旦那か皆知らなくて、苦労したんだ。でも、ひとりだけ知っていた。そいつは若旦那に口止めされていたそうだが、俺が何とか聞き出した」

三津五郎はもったいぶって言った。

「誰なんだ」

巳之助は身を乗り出すようにきいた。

「神田佐久間町にある『島田屋』という鼻緒問屋の当主の倅だそうだ」

「なに、『島田屋』の？」

巳之助は思わずききかえした。

『島田屋』はお新の長屋の表にある店でもあり、庄助《しょうすけ》の知り合いの番頭がいたところでもある。

「知っているのか」

「ああ」

「じゃあ、若旦那が殺されたことも知っているのか」

三津五郎が驚いたようにきいた。

「この間押し込みに入られて殺されたんだろう」

「よく知っているな」

三津五郎は感心するように言った。

「半次はいつから賭場に来ていないんだ」

「一月《ひとつき》くらいだそうだ」

「借金はいくらあったんだ」

「全部合わせて五十両だ。それで、その借金は賭場の仲間たちからしていたそうだが、半月くらい前に全部一気に返しているそうだ」

「一気に返した？」

「ああ、俺もそれが気になるんだ。少しずつ返すならまだしも、一気に五十両を方々に返すとなると、何か悪いことをした金じゃねえかと思うんだ」

「そうだな」

巳之助はやはり、盗賊の一味に半次がいるのではないかとの思いが強まったが、三津五郎には言わないでおいた。

ただ、半次は小春には金を返していない。わざと返していなかったのか。それとも、そのうち返すつもりでいたのか。

五十両を盗賊が払ってくれたので、半次は仲間に加わったのだろうか。

盗賊は半次と若旦那が親しいことを知っていて、うまく利用するために半次に近づいたのではないか。

「もしや、若旦那から五十両を奪い取ったのではないかと考えたんだが、『島田屋』に悪太郎たちが入った時に若旦那は殺されているし……」

三津五郎は顎に手を遣って、考え込んだ。

そして、「あっ」と声を上げた。

「もしかして、半次は盗賊の仲間なのではないか」

三津五郎が膝を叩いた。

「どうだろうな」

巳之助が素っ気なく返すと、

「もしかして、お前さんはそれを知っていて、半次を捜していたんじゃないのか」

三津五郎は訝しんだ。

「違う」

巳之助は初め否定したが、三津五郎は納得しない様子だったので、

「実は確信は持てなかったが、そうじゃないかと睨んでいた」

と、正直に話した。

「やっぱり、そうか。それにしても、悪太郎っていうのは酷い奴だ。押し入った先で何人も殺しているようだな」

「ああ、極悪非道だ」

「だけど、半次が金のためとはいえ、そんな仲間に入るだろうか」

三津五郎が首を傾げた。

「そこなんだ。あいつのことをよく知っているわけではないが、そこまでの悪人だとは思えない。盗賊に五十両の金を出してもらった義理で、仲間に加わったとしても、嫌になって逃げ出すんじゃないかと思うんだ」

「そうだよな。じゃあ、半次は嫌々そいつらと行動を共にしているんじゃねえのか」

三津五郎は苦い顔をした。

「とにかく、俺はその盗賊のことが許せないんだ。だから、半次を見つけて問い詰めようとしているんだ」

巳之助は思わず決意を口にした。

「それなら、俺も手伝う」

「お前さんも？」

「半次のことを見捨てておけない。短い付き合いだが、半次は仲間だ」

三津五郎はそう言い、

「お前もな」

と、涼し気な笑顔を見せる。

巳之助はそれに答えず、

「だが、今回は金にならない」

と、言った。

「構わねえ、あいつのためだから」

三津五郎は力強く言う。

「わかった」

巳之助は頷いた。

出来ればひとりで動きたかったが、半次の居所も掴めていないので、一緒に捜してくれる者がいたほうが捗《はかど》る。

「俺はこれからも賭場の方から半次の居場所を探ってみる」

三津五郎は意気込んで言った。

「俺は『島田屋』だ」

そう言って、巳之助は三津五郎の家を出た。

空を見上げると、眩《まばゆ》いばかりの太陽が真っ白に見えた。

その日の仕事を終えて、巳之助は日本橋久松町の長屋に帰ってきた。

木戸をくぐると、三軒長屋だ。その一番奥が巳之助の家である。

途中で、隣に住む世話焼きのおかみさんと出くわした。

挨拶をして、自分の家に入った。

それから食事を終えて、片付けものをしたあとに、腰高障子が開かれた。

いつものように庄助が酒を片手に入ってきた。

巳之助は、庄助が部屋に上がり込んでくるなり、

「庄助さん、ちょっとききたいことが」

と、切り出した。

「なんだ？」

庄助が酒を茶碗に注ぎながらきいた。

「『島田屋』のことなんですが、押し込みが入った時に番頭だけでなく若旦那も斬られたそうですね」

「ああ、そうみたいだな」

「若旦那のことは知っていますか」

「番頭さんが言うには、道楽者でかなり手を焼いていたらしい。でも次男は真面目で、商売の勉強をしっかりとしていると言っていた。ちゃんと仕込めば、立派な商家の旦那になるだろうと言っていた。だから、いずれ次男が跡を継ぐのだろう」

「そうですか。庄助さんは直接若旦那のことは知らなかったのですか」

「見かけたことはあるが、話したことはない。でも、いつもきれいな着物で、根津《ねづ》の遊郭なんかに出かけていたなあ」

庄助は羨むように言った。

「根津ですか？」

「『藤島屋』というところで毎晩のようにどんちゃん騒ぎしていたらしい」

「そうですか」

巳之助は頷いた。

盗賊は半次を利用するために仲間に入れたとすれば、闇雲に大きな商家に押し入るのではなく、きちんと下調べをしてから押し込みをしているのではないか。

そうだとしたら、『島田屋』のこともかなり調べているだろう。

もしかしたら、盗賊は根津で派手に遊んでいる若旦那を見かけて、羽振りが良さそうなので目を付けたのかもしれない。

巳之助はとにかく『藤島屋』を訪ねてみようと思った。

そして、翌日の昼下がり、巳之助は根津権現の前にある『藤島屋』の若い衆に頼んで、『島田屋』の若旦那のことを色々ときいてみた。すると、薄紅《うすべに》という遊女にはまっていたとのことだった。巳之助は薄紅を選んで店に上がった。

二階の座敷に通されて待っていると、薄紅が入ってきた。

薄紅は顔が小さくて、目がくりっとした愛らしい顔をしていた。

それから、酒が運ばれてきた。

巳之助はあまり手を付けずに、

「実は『島田屋』の若旦那のことで来たんだ」

と、言った。

「若旦那のことですか……。殺されたんですよね。あんな死に方なさって」

薄紅は寂しそうに言った。

「お前さん、若旦那とは親しかったそうだな」

「ええ、ご贔屓にして頂きました」

若旦那は薄紅にかなり惚れていたようだが、薄紅もいずれは若旦那に身請けしてもらいたいと考えていたという。

「『島田屋』の若旦那のことで何か調べているのですか」

薄紅が少し寂しそうにきいた。

「ええ。若旦那が最後にこちらに来られたのはいつですか」

巳之助は淡々とした口調できいた。

「押し込みがあった前日です。また明日も来るからと言って別れたのが最後です」

「半次という男を知っていますか」

「半次っていうと、あの背が高くて、耳が横に張っている？」

「そうです」

「若旦那とよくこちらに来ていましたよ。私はなんだか怪しいひとだなと思っていて好きにはなれなかったんですが」

「半次以外で、若旦那と一緒にここに来たひとはいますか」

「いや、半次さんだけです。若旦那はとても人の好き嫌いが激しいんです。昔から自分に近づいてくるのは金目当ての者ばかりだと仰っていました。でも、半次さんとはどういうわけか仲良くしていましたね」

薄紅が答えたあと、ふと思い出したように、

「そういえば、若旦那が亡くなる十日くらい前に、若旦那のことをききに来たひとがいましたよ」

と、言った。

「えっ、どんなひとでした？」

「確か、そこまで背は高くなくて、頬骨の張った顔の男でしたね。なんか田舎の訛りがあるようで。どこの訛りとはわからないのですが」

薄紅は答えた。

「その男は何をきいてきたのでしょう？」

「どこの若旦那で、誰と親しいかをきいてきました」

「お前さんはその男に若旦那のことを教えたんですか」

「いいえ、迂闊に喋れないので、すぐ追い払いましたよ。でも、若旦那があああいうことになって、いまから思うと盗賊の一味だったのかもしれないと思い、ゾッとしま

した」

巳之助は薄紅と同じことを思った。

「男は名前を名乗っていましたか」

「欣二《きんじ》と言っていました」

「そうですか」

欣二のことを頭に入れ、薄紅に礼を言ってから、『藤島屋』を後にした。

五

その日の夕方。

神田佐久間町の裏長屋へ行き、巳之助はお新の向かいの家の腰高障子を叩いた。

中から五十過ぎの顔に染みの目立つ女が出てきた。

「どなたです？」

声に嫌味っぽさがある。

「ちょっと、筆のことで伺いました」

巳之助は物腰柔らかく接した。

「筆？」

女が眉間に皺を寄せてきいた。

「信州の白馬の毛を使った筆のことですよ」

「ああ、あれね。それがどうしたんだい」

「あなたがお新さんにあげたので間違いありませんね」

「そうだよ」

「それで、あなたがお新さんから二両二分を貰ったんですね」

巳之助が確かめると、

「あの筆は私があげたもんだから、文句はないだろう」

女は顔をしかめながら、怒るように言った。

「でも、実はあれは信州の白馬の毛じゃないんです。五両の価値のないものなんで、お新さんから貰った二両二分を返してもらいたいのですが」

巳之助は懐から筆を取り出して渡した。

女は一応受け取ったが、

「えっ、どうしてよ！」

と、声を上げた。

「だから、五両の価値はないものなんです」

巳之助は静かに答えた。

「一度買い取ったものを戻すから金を返してくれというのはおかしいんじゃないの」

女はさらに荒い口調になった。

「でも、あなたもお新さんにあげてしまったものを取り返そうとしたわけでございましょう？」

「それとこれとは違うよ」

「どう違うっていうんです」

巳之助は追及した。

「とにかく、違うの。あんたは商売で筆の善し悪しがわかるはずだから。私は要らないものを貰ったと思って、あの人にやったんだよ。そしたら、それが高値で売れたっていうんで、その分のお金を貰うのは当然じゃない」

「言っている意味がよくわかりませんが、二両二分は返してください」

巳之助は諭すように言った。

「でも……」

女は納得できないようで、それからもよくわからない理屈をつけて言い返してくる。

しばらくすると、女と同じ歳くらいの脂ぎった大工風の男が家に帰ってきた。

「おい、どなた様だい」

大工は女にきいた。

「それが……」

女は言いにくそうな顔をした。

「あっしは筆のことで訪ねてきたんです」

巳之助は大工に顔を向けて言った。

「筆？」

大工は首を傾げた。

「実は半月以上前に……」

と、巳之助は事のあらましを話した。

すると、大工は女を睨み、

「何で他人様にあげてしまったものが売れたからって、金をせびるんだ」

と、叱った。

「だって、元はといえば私が貰ったものだったし」

「そんな理屈が通るなら、お前さんにくれたひとに金を返さなきゃならねえことになるぞ」

大工は顔を怒らして言った。

「それに、そんなことがあったっていうのを、俺はまったく知らなかったじゃねえか」

「お前さんにわざわざ言う必要はないと思ったんだよ」

「言い訳はいい。さあ、金を返すんだ」

大工は怒鳴り散らした。

「まあ、落ち着いてください」

巳之助は大工に言った。

「いえ、そういうわけにはいきません。それにあなただって、一度買い取ったものを価値がないとわかったからといって金を返してくれというのはおかしいじゃありませんか」

大工が今度は巳之助に文句を言った。

「あっしが買い取ったわけじゃございません」

「え？　だって、筆を持っているじゃないですか……」

大工は戸惑ったように言う。

「実はお新さんにお金を渡すために、この筆が売れたことにしたんです。だから、これは売れたわけじゃないんです。だから、あっしが持っていたんです。それなのに、お新さんがお金を奪われたので不憫に思い、文句を言いに来たんです」

「そうでしたか。それは申し訳ない」

大工が頭を下げて謝った。

「いえ、いいんです」

巳之助が大工の頭を上げさせた。

大工は女にすぐに二両二分を持ってくるように指示した。女は泣きそうな顔をしながら二両二分を持ってくると、巳之助に放り投げるように渡した。

「おい、そんな渡し方があるか！」

そのことで、また大工は女を叱りつけた。

女は不貞腐れたように口を利かない。

巳之助はそんなふたりを尻目に外に出て、向かいのお新の家に入った。

お新に二両二分を渡すと、巳之助が無理やり向かいの家から返してもらったのではないかと心配していたが、そうではないとうまい理由を付けて納得させた。お新は二両二分の金を両手で押し戴き、有難そうに何度も巳之助に礼を述べていた。


翌日の昼下がり。朝からぐずついた空で、かなりじめじめしていた。

巳之助が日本橋馬喰町《ばくろちょう》四丁目を仕事で歩いていると、近くに湯屋を見つけた。着物が汗で引っ付いて気持ち悪いので、そこで汗を流そうと思った。

そんな時、後ろから駆けてくる足音がした。

振り向くと、三津五郎と小春がいた。ふたりとも息を切らして、額には汗が噴き出ている。

「どうしたんだ」

巳之助はきいた。

「お前を捜していたんだ」

三津五郎が言うと、

「半次のことをどうして教えてくれなかったのよ！」

小春が口を尖らせて言った。

「半次のこと？」

巳之助は首を傾げた。

「全部、三津五郎さんから聞いたわ。半次が盗賊の仲間かもしれないんだって？

そうと知っていたら、私だって力を貸すのに」

「…………」

巳之助は三津五郎に目を向けた。三津五郎はちゃんと話してやれというような感じで顎をくいとやった。

「でも、半次のことはどうでもよかったんじゃないのか」

巳之助は小春に言った。

「そうも思ったけど、やっぱり見捨てておけないわ」

小春は真剣な目をした。

小春までも半次のために……。

「半次を残虐非道な悪党連中から救い出したい。この際、三人で力を合わせて半次を盗賊から足を洗わせようじゃねえか」

三津五郎は意気込んだ。

「よし、わかった」

巳之助は頷いた。

ふたりを見ながら、なぜか胸がじんと来た。

仲間とはいいものだ。こんな気持ちを抱いたのは初めてだった。

「それで、さっき盗賊のことを調べてきたのよ。色々とわかったわ」

小春が改まった声で言った。

「一体、どうやって？」

巳之助はきいた。

「色々と伝手《つて》はあるのよ。裏稼業の元締めだった人と親しいの」

小春が含み笑いをしながら、

「そもそも、悪太郎っていうのは、昔から東海の方を荒らしまわっていた盗賊だそうよ。悪太郎という頭の名前は代々継がれるみたいで、いまの悪太郎は三代目だって。噂では二代目は足を洗ってから江戸に出てきて、商売で成功しているらしいのだけど、それが一体誰なのかはわからなかったわ」

と、説明をした。

巳之助が頷きながら聞いていると、小春はさらに続けた。

「三代目悪太郎には子分が十人以上いるそうよ。中でも政二郎《まさじろう》っていう男は、かなり剣の腕が立つらしいの。あとは欣二という頭の切れる男がいるみたい。このふたりがいるから、三代目は江戸で派手に暴れまわることが出来るんじゃないかって」

「三代目の悪太郎っていうのはどんな男なんだ」

「歴代の悪太郎の中で一番残虐な人だそうよ。人を物のように扱うし、女だろうが赤子だろうが自分に逆らえば、構わず殺す恐ろしい人よ。悪太郎の下で働いている者も、へまをしたらすぐに首が飛ぶそうで……」

小春は顔をしかめた。

「そんな奴の下にいたら、半次だって命が危ない」

三津五郎が心配そうに言った。

「隠れ家はどこなんだ」

巳之助が緊迫した面持ちできいた。

「それはわからないわ」

小春は首を傾げた。

「何とか探ろう。いち早く半次を助けなければ」

巳之助は決意を告げて、ふたりと別れて仕事に出かけた。

その出先で、半次に似たような男を見かけなかったか、きき回った。しかし、誰からも有力な手掛かりを得ることは出来なかった。

夕方になり、日本橋久松町の長屋に帰った。

木戸のところで、天秤棒を担いだ庄助に出くわした。

「こんばんは」

巳之助が挨拶すると、

「おっ、ちょうどよかった」

庄助が声を上げた。

「何です？」

巳之助はきいた。

「話があるんだ。片付けたらすぐに行く」

庄助は家に入って行った。

巳之助も自分の家に帰って道具箱を整理していると、すぐに庄助がやってきた。

庄助は部屋に上がり込み、

「お君《きみ》から文《ふみ》を預かってきたんだ」

と言って、腰を下ろした。

お君とは庄助の妹で、以前は旗本屋敷で奉公していたが、いまは『二葉屋』という帯問屋で女中として働いている。

何度か会ったことがあるが、兄想いでとても気立ての良い娘だった。

「お君さんが、あっしに何の用ですかね」

巳之助に思い当たる節はない。

「ただ会いたいんだろうよ」

庄助は顔をにたつかせ、手に持っている文を差し出した。

巳之助は受け取り、文を広げた。

「多分、お前さんのことが気になっているとか書いてあるんだろう」

庄助は横から嬉しそうに言ってくる。

文には、巳之助に伝えたいことがあるので、明日の夕方にでも『二葉屋』の前で待っていて欲しいとあった。

巳之助が読み終えて文から目を離すと、

「どうだ？」

庄助が身を乗り出すように笑顔できいた。

「庄助さんが思っているようなことではないと思いますよ」

巳之助は小さく首を横に振った。

「え？　じゃあ、一体なんだ」

「わからないですが、ただ伝えたいことがあるって」

「やっぱり、そうだ。お前さんに好きだと伝えようとしているんだ」

「いや、そんな……」

巳之助はどうも違うような気がした。

「絶対間違いねえ」

庄助は決めつけていた。

「そうですかね」

巳之助はそれ以上言い返すことはしなかった。

庄助はそれから酒を呑《の》み、ひとりで陽気に語り始めた。

途中から話が『島田屋』の番頭のことになり、

「ああ、神田小僧が盗賊をやっつけてくれねえかな」

と、この間と同じように呟いた。

庄助は酔っているし、巳之助を神田小僧と知っているわけではないが、まるで自分に言っているように聞こえた。


翌日の夕七つ半（午後五時）、巳之助は仕事帰りに、『二葉屋』に来た。

夕陽を受けて、町が赤く染まっていた。

巳之助は店の前にある柳の下で待っていた。

お君はなかなか出てこない。

辺りを見回してみると、筋違橋《すじかい》を渡っていく男女が目についた。

女はどこかの商家の内儀風で上等な緋色の絽《ろ》の小紋を着ている。その近くにいる男は、三日月九郎兵衛であった。

巳之助がふたりを目で追っている時、路地からお君が姿を現した。

巳之助はお君に近づき、声を掛けた。

お君はあっというような顔をして頭を下げ、

「あの文のことですよね」

と、言った。

「そうです。何か伝えたいことがあるそうですね」

巳之助がきいた。

「はい」

お君は頷いてから話し始めた。

六日ほど前の夕方、お君が『二葉屋』の内儀さんに頼まれて、お遣いに行こうとして店を出た時、隣の路地から背の高い男が出てきて、店の裏手の方の路地に入って行った。それから、すぐに風体の悪い三人の男が追いかけてきたという。お君はその男たちにさっきの男はどっちに逃げたかきかれ、『二葉屋』の裏手の路地に入ったとは言わずに違う方面を指した。それから、逃げてきた男と話していると、どうやらお君の顔に見覚えがあるそうで、以前河村出羽守《かわむらでわのかみ》という旗本の屋敷で女中として働いていなかったかときかれた。お君がそうだと答えると、それならと巳之助の名前を出してきたそうだ。

「男は名前を言っていませんでしたか?」

「聞いていないです」

「どんな容姿でしたか」

「三十くらいの面長で耳が横に張っている男です」

「なるほど」

巳之助は頷いた。

やはり、韋駄天《いだてん》の半次だ。

半次は以前一緒に行動した時に、お君の顔を見ていて覚えていたのだろう。

「他に何か言っていませんでしたか」

巳之助はきいた。

「いえ、特には。追いかけていた三人組がまた戻ってきたので、その男は走り去って行ったんです」

「そうですか。追いかけている男はどんな感じでしたか」

「ひとりは頬骨の張った顔で、あとのふたりは若く、ひとりは二十歳前のように思えました」

しかし、三人の男はどうして、半次を追っているのだろう。

お君は買い物に行かなければならないらしく、すぐに別れた。

もしや、半次は悪太郎一味に追われているのではないか、と嫌な胸騒ぎがした。

第三章　昔の男

一

ざあーっと夕立があった。

半刻（一時間）ほどで止み、また雲間から夕陽が覗いていた。

じめじめとして暑苦しい。

九郎兵衛《くろべえ》は田原町《たわらまち》の長屋を出て、『川端屋《かわばたや》』に向かった。

泥濘《ぬかるみ》に気を付けながら、袴の裾を絡《から》げて向柳原《むこうやなぎわら》を抜け、神田川沿いを上流の方に向かった。

前方に人だかりがあって、町役人がいる。

九郎兵衛が近づいてみると、死体が引き上げられていた。

「殺しか」

九郎兵衛が町役人にきいた。

「そのようです。胸に傷がありました」

「ちょっと、顔を見させてくれ」

「わかりました」

九郎兵衛は死体の傍に近寄った。

心の臓に傷があった。肌の色も真っ青ではないことから、死んで間もないことがわかる。

背丈はあまりないが、頬骨の張った顔だ。水に浸かっていたからか、顔が少し膨張している。

どこかで見た覚えのあるような顔だ。しかも、つい最近この男を見かけたような気がする。

そう思った時、誰だかわかった。

『川端屋』に押し込みが入った時に、九郎兵衛が捕らえた男だ。

「どうです？　見覚えがありますか」

「いや、わからん」

九郎兵衛はそう答えて、その場を立ち去って歩き出した。

筋違橋《すじかい》の方に向かって進んでいると、駆けてくる岡っ引きとすれ違った。

あの死体は紛れもなく、押し込みに入った悪太郎《あくたろう》の一味だ。なぜ殺されたのだろうか。

九郎兵衛はおえんにあの男を逃がしたことを問い詰めてはいない。おえんに惚《とぼ》けられるだけだからだ。

おえんが逃がしたことと、あの男が殺されたことは繋がっているのだろうか。

あの押し込みの時に捕まったことで制裁を受けたのだろうか。だが、押し込みからしばらく経っている。いまさら殺されるとは考えにくい。

それとも、別の理由があるのだろうか。

そんなことを考えていると、『川端屋』に着いた。

九郎兵衛は母屋に入り、廊下を伝っておえんの部屋に向かった。

襖が開いており、

「ちょっといいか」

と、声を掛けてから中に入った。

おえんは文《ふみ》を読んでいたが、九郎兵衛が部屋に入るなり、慌てて胸元にしまった。

「九郎兵衛さん、どうされましたか」

おえんが咳払いをしてからきいた。

「いまここに来る途中、神田川で、押し込みが入った際に捕らえた男が殺されていた」

九郎兵衛はそう言って、おえんの顔色を窺った。

「その男っていうのは、木に縛りつけておいた？」

おえんは微かに震える声できいた。

「そうだ」

九郎兵衛は大きく頷いた。

「本当にその男でしたか」

おえんが眉間に皺を寄せてきいた。

「間違いなくあの男だった」

九郎兵衛は、はっきり言った。

すると、おえんは俯き加減に思い詰めたような顔をして押し黙った。そして、目が潤んでいた。

「どうしたのだ」

九郎兵衛は顔を覗き込むようにしてきいた。

「いえ、何でもありません。ちょっと、目に何か入ったようで」

おえんは誤魔化すように言った。

「内儀《おかみ》はあの男を知っているのではないのか」

九郎兵衛は改まった声できいた。

「知りませんよ」

おえんは否定した。

「どうしてそんなことをきくのですか」

「捕まった時、あの男の内儀を見る目が少し違っていた。知っているような素振りだった」

九郎兵衛は鎌をかけるように言った。

「えっ」

おえんは驚いたように声を上げた。

　ふたりが知り合いであることには違いないだろう。しかし、だからと言って、おえんが悪太郎の仲間だとは言い切れない。たまたま、知り合いの男が悪太郎の一味にいて、逃がしてやっただけかもしれない。

「ともかく、あの死体が悪太郎の一味だと同心に伝えておく」

　九郎兵衛はそう言って、立ち上がった。

「待ってください」

　おえんが呼び止めた。

「何だ」

「それはなさらないほうが……」

　おえんが不安げな顔で言う。

「どうしてだ」

　九郎兵衛はきいた。

「そのことで、悪太郎の恨みを買うことがあるかもしれません」

「恨みを買うだと？」

「はい。その男はきっと、『川端屋』の押し込みをしくじったから殺されたんです。

悪太郎は『川端屋』のことも恨んでいるものと思います。あの男が殺されたのも、『川端屋』に対する見せしめなのかもしれません」

おえんが恐ろしいものを見たような顔をして言った。

おえんは悪太郎一味に殺されたと思っている。

「そんなことはあるまい。それに、悪太郎が復讐しようとしたところで、拙者がいるから心配はない」

九郎兵衛は一蹴した。

「でも……」

おえんはまだ続けようとした。

一体、何をそこまでして知られたくないのだろうか。

「内儀はどうすればいいと思うんだ。同心に黙っておくのも、後でそれが知られたら怪しまれる」

九郎兵衛は探りを入れた。

「そうですが……」

おえんは困った表情を見せていた。

「もしものことがあれば、拙者が内儀を守るから心配するな」

「ありがとうございます。でも、このことは私がどうすればよいのかを考えておきますので、まだ同心や岡っ引きには言わないでおいてください」

おえんが懇願するような目をした。

「そうか。では、任せる」

九郎兵衛は部屋を出た。

それから、店の間に行くと、奉公人たちは忙しく立ち働いており、玉之助《たまのすけ》は帳場で算盤を弾いていた。

先日、九郎兵衛は柳島《やなぎしま》の与一郎《よいちろう》に話をつけて、引き続き『川端屋』にいることになった。玉之助は与一郎の判断なので、文句を言ってこなかった。むしろ、これまでのことを詫びて、また悪太郎がやってくる時のために備えてもらいたいとのことであった。

「ちょっと、いいか」

九郎兵衛は後ろから声を掛けた。

「はい、なんでございましょう」

玉之助が振り返り、怪訝な顔をした。

「さっき、押し込みの時に捕らえた男が神田川で殺されていた」

九郎兵衛は周囲に聞こえないように、低い声で伝えた。

「えっ、殺された？」

玉之助が驚いてから、

「なぜ殺されたんでしょう」

と、きいた。

「まだはっきりわからぬ。拙者はその男が『川端屋』に入り込んだ男だと同心に伝えたほうがいいと思うのだが、内儀はそんなことをすればかえって悪太郎の恨みを買うかもしれないと言っている」

「いえ、それは話したほうがいいですよ。ついさっき、岡っ引きの駒三《こまぞう》親分が来たところでした。親分がもうちょっと遅く来てくれたら、伝えられましたのに……」

玉之助は口惜しそうな顔をした。

「駒三は何をしに来たのだ」

「あの押し込みについて、探索したことを知らせに来たんです」

「どんなことを言っていたのだ？」

「不審な男がいて、捕まえたら、悪太郎一味だったそうです。仲間から逃げてきたらしいのです」

「その男が何か喋ったのか」

「はい。その男は手下の中でも下っ端の方で、悪太郎のことはまったくわからないという話です。でも、問い詰めると『川端屋』の押し込みのことも少しだけ話したそうなので、駒三親分は報せに来たのです」

「では、その者から話を聞けばまだ何かわかるかもしれないな」

九郎兵衛が独り言のように呟いた。

その時、店に中年の男が入ってきた。

「いらっしゃいまし」

玉之助は客の男に笑顔で頭を下げた。

九郎兵衛はその場を離れ、店の裏口から外に出た。

九郎兵衛は駒三を捜した。ついさっき、『川端屋』を出たばかりということなので、そんなに遠くには行っていないはずだ。

通りがかりの人たちに、太い眉に鋭い目つきで、でっぷりとした岡っ引きの駒三を見なかったかときいて回った。

小伝馬町《こでんまちょう》二丁目辺りで手下を連れた駒三を見かけた。後ろから見ただけでも、駒三は汗をびっしょりとかいているのがわかり、白い麻の着物に汗染みが出来ていた。

「駒三、ちょっとよいか」

九郎兵衛は後ろから呼びかけた。

駒三は振り向き、

「おや、松永《まつなが》さまじゃございませんか」

と、汗を垂らしながら、ふてぶてしい声で言った。

「昨日、悪太郎の一味を捕まえたそうだな」

「ええ」

「そいつに会わせてくれぬか」

九郎兵衛が頼んだ。

すると、駒三は訝しげな目で九郎兵衛を見た。

「どうして、松永さまが？」

「お前も知っての通り、拙者は『川端屋』で用心棒をしている。あの時のことで、色々とききたいことがあるのだ」

「そいつはあっしらにお任せくだせえ」

「いや、拙者がきいておきたいことがあるんだ」

「それなら、あっしが代わりにきいておきますよ」

駒三は九郎兵衛が盗賊の一味と繋がっているのではないかと警戒して、男たちに近づかせないようにしているように思えた。

「直接、話をしないと答えてくれないようなことだ。拙者は盗賊の仲間でもない。もし、盗賊の仲間だとしたら、押し込みの時に『川端屋』を助けたりしないだろう」

「まあ、そうですがね。いま江戸を騒がせている悪太郎の一味ですから、誰にも会わせるなと関《せき》の旦那から言い付けられているんです」

駒三はなかなか首を縦に振らない。

「この間、押し込みがあった時に、拙者が賊のひとりを捕らえたんだ。そのことをききたいだけだ。別にお前が隣にいても構わん」

九郎兵衛は強い口調で言った。

すると、駒三は少し考えてから、

「仕方ないですね。そんなに長くかからねえんでしたら」

と、渋々頷いた。

九郎兵衛ら三人は牢屋敷の前を通り、本石町《ほんごくちょう》や室町《むろまち》を進んで、江戸橋を渡り、楓《かえで》川沿いを歩いた。

この辺りは塗物、藍玉等の問屋が軒を並べている。

本材木町《ほんざいもくちょう》一、二丁目を抜け、三丁目に入った。ここは俗に胴切町《どうぎりちょう》と呼ばれている。かつては仕置場で、罪人の試し斬りも行われていたことから、そのような物騒な名前が付いたそうだ。なお、仕置場は江戸の拡張に伴い、鈴ケ森《すずがもり》と小塚原《こづかっぱら》に移ったので、いまは名前だけが残っている。

九郎兵衛は駒三に案内されて、三丁目と四丁目の間にある大番屋に入った。

奥の板敷の四畳半に二十歳前くらいの小柄な男がひとり、縄で縛られて座っていた。

九郎兵衛は男の正面に座った。

男は「あっ」と言って、目を見開いた。

「どうやら、俺に覚えがあるようだな」

「…………」

「もう捕まってしまったんだから、全て正直に話したほうがいい。そうすりゃ、死罪は免れるかもしれぬぞ」

九郎兵衛はそう前置きをしてから、

「お前たちが『川端屋』に押し込んだ時、捕らえられた男がいたな」

と、鋭い目つきをしてきいた。

「ああ」

男は躊躇《ためら》ってから、小さく頷いた。

「あいつは誰だ」

「…………」

「さっき、死体で見つかった」

九郎兵衛が告げると、

「えっ」

男は、はっとした。

「あいつは誰なんだ」

九郎兵衛がもう一度きいた。

「欣二《きんじ》兄いだ」

「欣二とは、どんな奴なんだ」

「昔から、悪太郎の親分に仕えていて、なかなか頭の切れるひとだ。親分からの信頼も厚かった」

「信頼が厚いだと？」

九郎兵衛はきき返した。

「政二郎《まさじろう》っていう奴がいるな。あいつと比べてどうなんだ」

横から駒三が口を挟んだ。

「政二郎兄いのほうが親分に気に入られているが、欣二兄いは政二郎兄いの弟分みたいなもんで、親分も大切にしているんだ」

そんな男が一度失敗したくらいで、殺されるだろうか。

「あいつは『川端屋』から逃げた。どうやって逃げてきたか、聞いているか」

「あんたを倒して戻ってきたと言っていたが……」

「俺を倒した？　そう言っていたのか」

「そうだ。違うのか？」

「違う」

「欣二兄いは一体どうやって逃げたんだろう」

男は独り言のように言った。

「欣二と悪太郎の間に何か揉め事はなかったか」

九郎兵衛がきいた。

「実は、あっしに逃げるように言ったのは欣二兄いなんです」

「なに？」

「欣二兄いはお頭に殺されるかもしれないと言っていて、あっしも道連れにされると心配してくれたんだ」

「なぜ、殺されるかもしれないと言っていたんだ」

「逃げた仲間を追っていたけど、捕まえられなかった。そのことで、お頭が機嫌を損ねたからじゃないか」

男は項垂れて答えた。

九郎兵衛はそれからも、欣二の身の上のことや、悪太郎との関係をきいたが、役に立つようなことは大してきけなかった。

二

その日、九郎兵衛は番頭の玉之助の部屋を訪れた。

部屋に入ってから、襖を閉めさせると、

「おぬしはまだ内儀が盗賊を『川端屋』に引き入れたと思っているのか」

九郎兵衛はきいた。

玉之助は少し考えながら、

「あの男に逃げられたことも気になります」

「確かに」

九郎兵衛が相槌を打った。

「何より、ひとりで出歩いていることが不自然です。もしかしたら、盗賊と会っているのかもしれないと疑ってしまいます」

玉之助は真剣な顔をして言った。

「今日の昼はどうだった？」

「内儀さんは女中を連れて長唄の稽古に行っただけです。女中はずっと付いていたそうですが、何もなかったそうです」

「そうか」

九郎兵衛は頷いてから、

「拙者が内儀を尾けて、誰と会っているのか確かめよう」

と、持ち掛けた。

「松永さまが、ですか」

「そうだ。前にも言ったように、拙者は内儀に恩や義理があるわけでもない。仮に誰かと会っていたとしても、見た通りに話す」

「でも、松永さまが尾けて気づかれたらどうするのですか？　私が内儀さんのことを疑っていて、松永さまに頼んだと思われませんか」

「気づかれるようなへまはせん。それに、万が一気づかれたとしてもおぬしのせいにはしないから安心しろ」

「そうですか」

玉之助は少し迷いながら、

「松永さまがそう仰るのであれば」

と、言った。

「もし、内儀が盗賊と会っていなかったらどうする?」

「盗賊と会っていなかったとしても、男と会っていたとなれば問題です」

「誰とも会っていなかったとしたら?」

「それならば、安心できます」

「内儀に対する見方も変わるか」

「まあ、そうでございますね。でも、そうすると、ひとりで出歩く意味がわかりません」

「そうか、わかった。もし、内儀が誰とも会っていないのであれば、今度内儀とちゃんと話し合ってもらいたい」

九郎兵衛は玉之助の目をしっかりと見て言った。

「ちゃんと話し合うとは？」

玉之助がきき返した。

「内儀と仲良くしてもらいたい。それが、大旦那の願いでもある。そのほうが『川端屋』にとってもいいだろう？」

「そうですけど、あの内儀さんと私がうまくやっていけるとは思えません」

「どうしてだ」

「亡くなられた旦那さまも、私や栄太郎《えいたろう》と内儀さんの仲を取り持とうとしてくれましたが、結局は駄目でしたから」

「こういうことは拙者のような部外者のほうがいいのだ」

九郎兵衛は言い切った。

「そうですか。では、内儀さんが誰とも会っていなければ、内儀さんと話し合う場を作りましょう」

玉之助は少し苦い顔をしながら頷いた。

「では、さっそく明日から始めてみる」

九郎兵衛は立ち上がり、軽く辞儀をしてから部屋を出て、庵に向かった。

翌日の昼過ぎ。

小雨が降っていて、相変わらず蒸し暑かった。

こんな天気であるのにも拘らず、おえんは九郎兵衛には何も告げず、女中のひとりに「少し出かけてきます」とだけ言い残して、傘を差して店の裏口から出た。

九郎兵衛は傘も差さずにおえんの後を尾けた。

雨音で足音がかき消された。

おえんは筋違橋を渡り、神田川を下流の方に向かった。

ちょうど、欣二という悪太郎の一味の男が水死体で見つかった辺りに行くと、おえんは立ち止まり、神田川に向かって手を合わせた。少しして、再び歩き出した。

新《あたら》シ橋を通り過ぎ、二つ目の角の庄内藩下屋敷前の道を左に曲がった。そして、道なりに進み、忍《しのぶ》川を越えて、元鳥越町《もととりごえちょう》に入った。

それから、鳥越神社の鳥居をくぐった。

続いて鳥居をくぐり、おえんを尾けると、社《やしろ》の裏手でおえんが立ち止まって辺りを見回していた。

九郎兵衛は社の隅に隠れ、おえんに気づかれないように見張った。

おえんはどこか落ち着きのない様子で、その場をぐるぐると廻ったり、髪をいじったりしていた。

しばらくして、神社の裏手から傘を差した背の高い男が現れた。

顔の整っている、役者のような男であった。どこか浮名《うきな》の三津五郎《みつごろう》にも似ている。

「政二郎さん、お久しぶりです」

おえんが震えるような声で男に呼びかけた。

「お前が生きているとは思わなかった」

政二郎と呼ばれた男が少し驚いたように言った。

「欣二が助けてくれたんです」

おえんが静かに言った。

「そうか……」

政二郎も暗い顔をして答えた。

「欣二が死んだと聞きました」

「ああ」

「もしや、私のせいで？」

「いや、お前のせいじゃねえ」

「では、何で欣二が死んだんですか」

「俺にはよくわからねえ」

政二郎は惚けた。

だが、おえんは険しい顔のままであった。

「まあ、あいつのことはいいじゃねえか。こうして久しぶりに会えたんだ」

「でも、欣二は私の命の恩人なんです」

「それより、あれからどうしていたんだ」

「江戸に出てきて、品川の料理屋で働いていました」

「そこで、『川端屋』の若旦那に見初《みそ》められたんだな」

「はい」

「まさか、お前が『川端屋』の内儀だったとは」

「ええ」

「俺たちが押し込むことをわかっていて、用心棒を雇ったのか」

政二郎がきいた。

「実は政二郎さんを両国広小路《りょうごくひろこうじ》で見かけたんです。たて続けに起こっている押し込みが、日本橋神田界隈の大店《おおだな》を狙っているので、もしかしたら『川端屋』も狙われるかもしれないと思ったんです」

「そうか。大した勘だ」

政二郎が苦笑いした。

「あそこの旦那はもう死んだと聞いたが」

「はい。半年前に死にました。それから、旦那が不在で、番頭と私が店を切り盛りしています」

「大したもんだ」

「でも、出来ることなら、『川端屋』から抜け出したいと思っているんです」

おえんは神妙に言った。

「どうしてだ」

「番頭や手代などは私のことを昔から良く思っていないんです。私が料理屋の女だったから、蔑むような気持ちがあるのかもしれません。亡くなった旦那がいたから、それでも何とかやってこれたのですが、いまは『川端屋』には私の味方になってくれるひとはいません」

おえんが溜まったものを吐き出すように言った。

「だが、子どもがいるだろう?」

「ええ……」

「いくつだ」

「六つです」

「かわいい盛りじゃねえか。そいつを置いて、逃げられるのか?」

「息子は確かにかわいいですけど、私が育てているわけではありません。亡くなった旦那の父上が柳島で育てているんです。なので、そんなに頻繁に会うことも出来ませんし、いざとなれば文に想いの丈を書き綴って『川端屋』を出る覚悟は出来ています」

おえんは力強く言った。

「『川端屋』を出るって言っても、どこに行くつもりだ?」

「それは……」

おえんは少しためらった。

「じゃあ、俺と一緒にどこかに逃げようじゃねえか」

「え？　政二郎さんと？」

「嫌か」

「そうじゃありませんが、お頭が承知しないでしょう」

おえんは不安そうな声で言った。

「お頭はお前を殺そうとした。俺はこの間の押し込みの後に、欣二からお前が生きていることを聞いて驚いたんだ。近頃の悪太郎親分には目に余るものがある。さっき、欣二が死んだことについてよくわからないと言ったが、あれは嘘だ。お頭はお前を逃がしたことを知って、欣二を殺したんだ。だから、お頭に対して言いようのない怒りが湧いてきたんだ」

「…………」

おえんは何も言わず、政二郎を見つめていた。

「よし、いっそのことお頭を殺《や》っちまうか」

政二郎が、低く重い声で言った。

「え？」

おえんは驚いたような声を出した。

政二郎は黙って頷いた。

「じゃあ、ほんとうにお頭を？」

おえんは心が動かされたように、政二郎を見つめていた。

「ああ、本気だ」

「そしたら……」

「お前と一緒になる。もう江戸でたっぷり金は貯めた。俺も堅気になって、どこかにふたりで逃れて、楽しく暮らそうじゃねえか」

政二郎が真っすぐな目で言った。

「本気で言っていますか」

おえんは政二郎の顔を覗き込むようにきいた。

「ああ、嘘は吐《つ》かねえ」

「嬉しい」

「おい、涙なんか見せるんじゃねえ」

「だって……」

おえんの肩が揺れていた。

「お頭を殺すからには、慎重に進めなければならねえ、何日か掛かるかもしれねえ」

「ええ、政二郎さんとのこれからがあると思えば、何日だって待ちます」

「そうか。じゃあ、また文を渡すから」

政二郎がそう言うと、

「はい、お気を付けて」

おえんは頭を軽く下げた。

その時、政二郎は懐から匕首《あいくち》を取り出した。

「危ない！」

九郎兵衛がそう叫んで、社の陰から飛び出した。

三日月を抜くと、政二郎に向かって走り、刀を振りかざした。

政二郎は素早く匕首で受けた。

「九郎兵衛さん、どうして……」

おえんが驚いているが、九郎兵衛は答えなかった。

九郎兵衛は正眼に構えて、じりじりと政二郎との間合いを詰めた。

政二郎が飛び掛かってきた。

それを弾きとばした。

政二郎は泥濘に足を滑らせて、尻餅をついた。

九郎兵衛は倒れた政二郎に刀を向けた。

「やめて」

九郎兵衛の腕におえんがしがみついた。

「政二郎さん、早く」

おえんが叫んだ。

その隙に、政二郎が一目散に逃げて行った。

九郎兵衛は政二郎を追いかけることはせず、刀を鞘に収めて、おえんを見た。

「おぬしは政二郎に殺されかけたのだぞ」

九郎兵衛がきつく言った。

「…………」

「内儀、どういうことか説明してもらおう」

「はい……」

「あまり帰りが遅くなると店の者がまた心配する」

九郎兵衛はそう言って歩き出した。

おえんは気まずそうに付いてきた。

三

九郎兵衛は鳥越神社を出て、おえんと横並びに歩きながら話した。

「鳥越神社で聞いたことは、玉之助や栄太郎には言わない」

九郎兵衛は安心させるように言った。

「はい……」

おえんが消え入るような声で俯き加減に答えた。

「さっきの男は悪太郎一味の政二郎だな」

「はい」

「政二郎とは男と女の関係だったのか」

「そうです」

「お前さんは欣二のことも知っていたな」

「はい」

「欣二がお前さんを助けてくれたというのは？」

「実は私は十年ほど前、浜松に住んでいて、悪太郎の妾《めかけ》をしていたんです。にもかかわらず、政二郎さんと良い仲になってしまって、悪太郎には内緒で付き合いを続けていました。でも、ある時、それがバレてしまったんです。悪太郎は怒って、欣二に私を殺すように命じたそうです。でも、欣二は悪太郎には殺したことにしておくからと言って、こっそり私を逃がしてくれました」

おえんが語った。

「相手の政二郎は殺されなかったんだな」

九郎兵衛が口を挟んだ。

「あの人は剣の腕も立つので、悪太郎は生かしておいたのでしょう」

「なるほど。それから、お前さんはどうしたんだ？」

九郎兵衛がきいた。

「江戸に出て、品川の料理屋で働きました。その時に、『川端屋』の亡くなった旦那と知り合って、嫁ぐことになったのです」

手代の栄太郎が、おえんは昔『立花屋』の小菊《こぎく》という飯盛り女だったと言っていたのを思い出した。

「料理屋というのは？」

九郎兵衛が確かめた。

「別に変なことはしていません。ただの女中ですよ」

おえんが付け加えた。

「そうか。では、『立花屋』の小菊というのを知っているか」

「はい、知っています。私と顔が似ているもので、よく間違えられていたんです。あの子は日本橋平松町《ひらまつちょう》の糸問屋に嫁いで行きました。でも、どうして九郎兵衛さんが、小菊のことを？」

「お前さんが小菊だという噂を耳にしたのだ」

「誰ですか、そんなことを言ったのは」

「誰というわけではないが」

「玉之助か栄太郎でしょう」

　おえんはわかりきったことのように言った。

「それより、嫁いできてから今日に至るまで、一度も政二郎と会っていなかったのか」

　九郎兵衛は話を戻した。

「ええ。二月《ふたつき》ほど前、馬喰町《ばくろちよう》の得意先に伺った時に、たまたま政二郎さんを見つけたんです。でも、その時はすぐに姿を見失ってしまって、話しかけられませんでした」

「それから、政二郎ともう一度会いたくて、ひとりで出歩いていたのだな」

「はい、仰る通りです。その時くらいに、本石町の大店に押し込みがあったと聞き、それから十日後くらいに『島田屋』というところにも被害が及んだそうなので、政二郎さんは悪太郎と一緒にやってきたのだと思いました」

「なるほど」

「政二郎さんに会いたい気持ちは山々でしたが、悪太郎に見つかれば私が死んでいないことが知られ命が狙われると思いました。それに、『川端屋』も狙われるかもしれないと思い、用心棒を探していたのです」

「そんな時に、三津五郎に話しかけられたんだな」

「そうです」

おえんは頷いた。

ふたりは神田川沿いの道に出た。右に折れると、少し先に新シ橋が見える。

「あの夜、悪太郎一味が『川端屋』に押し入ることは本当に知らなかったのか」

九郎兵衛がきいた。

「知りませんでした」

「では、命の恩人の欣二が捕らえられていたので、お前さんは助けたというのだな」

「はい……」

おえんは苦い顔をして頷いた。

いままで語っていることで、嘘を吐いているようには思えなかった。

「玉之助や栄太郎はそのことを知らないのだろう」

「はい」

「実はお前さんを尾けていたのは、拙者が玉之助の疑いをなくそうとしたからだ。お前さんが誰とも会っていないとわかれば、うまく収まると思ったんだ」

「収まるといいますと？」

「玉之助とお前さんの仲違いが解消すれば、『川端屋』ももっとよくなるだろう。大旦那もそれを望んでいるが……」

九郎兵衛はそう言ったあと、おえんが何かを言おうとしたのを遮って、

「だが、お前さんはさっき政二郎に『川端屋』から逃げ出したいと言っていたな」

と、厳しい目を向けてきいた。

「…………」

おえんは俯いたままであった。

「その気持ちに変わりはないのか」

九郎兵衛は立ち止まり、おえんの顔を覗き込むようにきいた。

「いえ、よくわからないんです」

おえんは細い声で答えた。

「よくわからない？」

九郎兵衛がきき返した。

「政二郎さんが本当に悪太郎を殺せるのかどうかということや、子どもを置いて逃げるというのが……」

「そうか。では、あの時は久しぶりに昔の男に会って、つい口走ってしまったのか」

九郎兵衛が促すようにきいたが、おえんは何も言わずに首を曖昧に動かした。

「お前さんが政二郎を好きだったのは昔のことだ。亡くなった『川端屋』の旦那のことはどう思っているんだ」

「もちろん、あの旦那も大切なお方です……。でも、あの人は悪太郎を殺して一緒になると言ってくれました」

おえんは震える声で言った。

「そんな言葉を信じるのか。お前さんを殺そうとしたのだぞ」

九郎兵衛が咎めるように言った。

「でも……」

「だから拙者が飛び出したのだ」

「そんなはずありません」

「では、なぜ政二郎は匕首を抜いていたのだ？」

「………」

「拙者が斬りかかった時に、あいつは拙者の刀を防いだ。お前さんを殺そうと思って、匕首を抜いていたから出来たことだ」

「あの人は剣の腕が立つんです。それくらい……」

おえんは答えにならない言い訳をした。

政二郎が殺そうとしたのを信じたくないのだろうか。

「まあ、それはどちらでもよい。政二郎が悪太郎を殺すことなど考えられないだろう？　もし、本当にお前さんのことを思っているのであれば、とうの昔に悪太郎を殺していたはずだ」

「………」

おえんは困ったような顔をして、再び歩き出した。

九郎兵衛は付いて行った。

筋違橋を渡る時、

「お前さんはどうやって、鳥越神社で政二郎が待っていることを知ったのだ」

と、九郎兵衛がきいた。

「文が届いたんです」

「文？」

そういえば、昨日、九郎兵衛がおえんの部屋に入った時に、慌てて胸元に隠したことを思い出した。

「栄太郎が文を預かって持ってきました」

「栄太郎か……」

九郎兵衛は何か引っかかるようなものを感じた。

『川端屋』の裏口に辿り着いた。

「とにかく、さっきのことは玉之助には誤魔化しておこう」

九郎兵衛はそう言い、店の間に向かった。

玉之助は帳面に筆を走らせていた。

「ちょっと、いいか」

九郎兵衛が話しかけた。

「あのことで？」

「そうだ」

「では、私の部屋に」

と、ふたりは番頭部屋に移った。

「今日、内儀を尾けてみたが、別に誰と会うわけでもなかった」

九郎兵衛は嘘を伝えた。

「そうですか。でも、それは今日たまたま会わなかっただけなのでは？」

玉之助が首を傾げてきいた。

「いや、内儀はいつもひとりでいる。色々な神社を回って、願掛けをしているのだ」

「願掛けですか？」

「そうだ」

「一体、何を……」

「絵馬を書いたので覗いてみると、そこには倅《せがれ》の与吉《よきち》が立派に成長するように、あとお前さんとうまく『川端屋』を切り盛り出来るように、とあった。鳥越神社のあとはまたすぐ近くの神社に願掛けに行っていた」

「そうですか。でも、そしたら、なぜ両国広小路で佇んでいたのでしょうか」

「以前に内儀と話した時、両国広小路によく、亡くなった旦那と来たと言っていた。その時のことを思い出していたのではないか」

九郎兵衛は話を作り上げた。

玉之助は納得したように頷いた。

「とりあえず、今日見たことはそれだけだ。また何かあったら伝える」

九郎兵衛はそう言って、番頭部屋を出て行った。

四

巳之助《みのすけ》は、神田佐久間町《さくまちょう》にある『島田屋』の前を通った。店先を覗くと、若い男が客に挨拶をしてまわっていた。

殺された若旦那の弟かもしれない。道楽者だった兄と違って、いたって生真面目だという評判通り、弟は丁寧に振る舞っていた。

それにしても、若旦那を巻き添えにしてしまい、半次《はんじ》は悔やんでいるかもしれない。自分が博打で借金をしなければ、悪太郎一味に目を付けられることはなかったのだ。

半次はいま、どこにいるのか。悪太郎一味に加わっているのかと危惧したが、お君《きみ》の話からすると、悪太郎一味に追われているようだった。

押し込みのあった夜、半次がお新《しん》の長屋に紛れ込んだのは、悪太郎一味から逃れるためだったのだ。

巳之助は、ふと思いついたことがあって、行きすぎてから『島田屋』の前に戻った。

「鋳《い》掛《かけ》屋でございます」

巳之助は声を掛けながら、裏口に向かった。

すると、裏口から年配の女が出てきた。

「もし」

巳之助は呼び止めた。

「ちょっとお伺いいたします」

「なんでしょう」

女は警戒気味にきく。

「あっしはお亡くなりになった若旦那と親しくさせてもらっておりました。せめて、お墓参りをしたいと思いまして。お墓はどちらにあるのか教えていただきたいのですが」

「若旦那の？　そうですか。それは若旦那もお喜びになるかもしれません。本郷の真行寺《しんぎょうじ》さんです」

「真行寺ですね。わかりました。さっそく行ってみます」

巳之助は礼を言い、表通りに出た。

八辻ヶ原《やつじがはら》を突っ切り、昌平橋《しょうへいばし》を渡って、巳之助は本郷通りに入った。半次は若旦那の墓にお参りに行ったのではないか。

そこに行ったところで手掛かりを得られるかわからないが、ともかく半次の動きをつかもうとした。

どこかに隠れていたが、若旦那のお墓参りに行こうとして悪太郎一味に見つかったのではないか。お君が出会ったのはその時ではないか。

本郷六丁目で左に折れ、菊坂台町《きくざかだいまち》に向かった。途中で通りがかりのひとにきくと、真行寺はこの先だという。

しばらく進むと、山門が見えてきた。扁額に「真行寺」とあった。

巳之助は石段を上がり、山門をくぐる。広い境内だ。鬢《びん》に白いものが交じる寺男が箒で境内を掃除していた。その横を抜けて、本堂の裏にまわると墓地が広がっていた。

大きな墓が並ぶ辺りを歩いたが、『島田屋』代々の墓は見つけられない。寺務所で確かめようといったん戻ったが、さっきの寺男がやってきた。

「お墓を探しているのですか」

寺男がきいた。

「ええ、神田佐久間町の『島田屋』さんのお墓です」

「それなら北の端です」

寺男が指さした。

巳之助が礼を言い、そこに向かおうとした時、

「若旦那のお参りですか」

寺男が声を掛けてきた。

「ええ」

巳之助は、はっと気がつき、

「以前にも誰かが若旦那のお墓にやってきたことがあるんですね」

「ええ、何人か友人がやってきました」

「その中に、耳が横に張っている男はいませんでしたか」

「………」

「半次という男なのですが」

「お前さんは？」

「へえ、巳之助と申します。半次の知り合いなんです」

寺男が戸惑ったような表情をした。

「半次は来たのですか」

巳之助は再びきいた。

「来ました」

寺男がぽつりと答えた。

「やはり、来ましたか。それはいつごろでしょうか」

「半月以上前です」

「半月以上前ですって」

そんなに前では、その後の動きを探ることは難しそうだ。

「あなたと同じように、『島田屋』代々の墓の場所をきかれました。それで、墓の前まで案内しました」

「半次は何か言ってませんでしたか？」

「少し匿《かくま》ってくれと言ってきました」

「それで？」

「この寺の納屋にしばらく隠れさせてあげたんです」

「じゃあ、しばらく寺にいたんですか」

巳之助は驚いてきいた。

「はい。五、六日でしたけど」

「その間、半次は何をしていましたか」

「特に何っていうわけではないんです。ずっと若旦那の墓前で詫びていたんです。すまねえ、すまねえと泣きながら」

やはり、半次は自分のせいで若旦那が殺されたことに自責の念を抱いていたのだ。

「事情がありそうなので、声を掛けたんです。こんな年寄りだから気を許したんでしょう、何から何まで打ち明けてくれました」

「押し込みのことも？」

「ええ。博打の借金のために悪太郎一味に手を貸す羽目になった。そのために、『島田屋』の若旦那に錠を外させたことを悔やんでいました。『島田屋』に忍び込むと、悪太郎一味は口封じに若旦那を殺し、半次さんにも刃を向けたそうです。間一髪逃げ出したが、それ以来、半次さんは悪太郎一味に追われていると言っていました」

「それで、ここに厄介に？」

「長屋を知られていて帰れない。自分も押し込みの片棒を担いだので奉行所に訴えることも出来ないと頭を抱えていました。それで、ほとぼりが冷めるまで納屋に匿うことにしたのです」

「そうですか。では、どうしてここを出て行ったんですか」

「悪太郎一味に見つかったんですよ」

「見つかった?」

「ええ、奴らも、半次さんがやってくるかもしれないと若旦那のお墓を見張っていたんです。そのことに気づかず、半次さんは境内に出て……」

「ここを出て、どこに行ったかわかりませんか」

「俺が以前寺男をしていた善良寺《ぜんりょうじ》という寺が押上《おしあげ》村にある。そこに行ってみろと、逃げる時、声を掛けたんですが……」

「そこに行ったかどうかはわからないんですね」

「わからねえ。ずっと気にしていたんですが」

寺男は首を横に振った。

「わかりました。押上村の善良寺ですね」

巳之助は確かめた。

「そうです。お前さん、半次を捜しに行くんですか」

「ええ。行ってみます」

「会ったら、俺が心配していたと言ってください」

「わかりました」

巳之助は礼を言い、山門に向かった。


それから、巳之助は加賀藩上屋敷の塀沿いを通り、湯島の切通しを下って、池之端仲町を経て上野山下から浅草に向かう通りに入った。

稲荷町から田原町を過ぎ、雷門から吾妻《あずま》橋に差しかかった。そのころから、さっきまで青空が広がっていたのにどんよりしてきた。

巳之助は吾妻橋を渡り、中之郷《なかのごう》瓦町を突っ切り、横川にかかる業平《なりひら》橋を渡ってようやく押上村にやってきた。

何か所か、寺の大屋根を見つけた。

巳之助は一番手前にあった寺の前に行き、山門の扁額を見たが、善良寺ではなかった。

その隣も違った。さらにそこから少し離れた場所にある寺に行った。

古い山門の扁額に「善良寺」とあった。

巳之助は勇躍して山門をくぐった。参詣人が何人かいた。巳之助は寺男を探した。境内に見当たらない。

本堂の脇にある庫裏《くり》に向かった。すると、庫裏の脇から尻端折《しりはしょ》りした四十年配の男が現れた。寺男かと思い、声を掛けた。

「もし、ちょっとお訊ねします」

男は立ち止まった。

「このお寺のお方ですか」

「寺男だ」

男は答える。

「実はこちらに半次という男が厄介になっていると聞いてきたのですが」

「半次……」

寺男の顔色が変わった。

「どうかしたんで？」

巳之助も胸が騒いだ。

「半次さんは確かにここにやってきた。本郷の真行寺にいたそうだな。追われているというので、匿ってやったが、三日前に三人のいかつい顔をした男たちがやってきたんだ」

「見つかったんですか」

巳之助は愕然とした。

どうして、半次がここにいることがわかったのだろうか。半次は韋駄天《いだてん》の異名を取るほどの足の速い男だ。追われても追手を振り切って逃げ果《おお》せただろう。だが、追手は半次が吾妻橋を渡った姿を見ていたのかもしれない。

真行寺に隠れていたことから当たりをつけて、こっちにある寺をしらみ潰しに捜していき、この寺に行き当たったのかもしれない。

それにしても、なぜ、それほどに悪太郎一味は半次にこだわるのか。半次は悪太郎一味の何らかの秘密を握っているのだろうか。

「で、半次はどうなりましたか」

「連れて行かれた」

「………」

「だが、山門を出たところで暴れて、半次さんはそのまま逃げた」

「逃げたのですね」

「そうだ。男たちの手を振り切って逃げた」

「どっちに行ったかわかりませんか」

「さあ、わからねえ」

「半次は何か言ってましたか」

「詳しいことは話そうとしなかったが、悪太郎一味に命を狙われているとは言っていた。どうやら、奉行所にも行けないわけがあったようだ」

寺男は眉根を寄せ、

「いってえ、奴は何をしたんだ？」

「悪太郎一味の秘密を知ったのかもしれません。どんな秘密かは知りませんが」

「秘密か」

寺男は表情を曇らせ、

「だから奴ら、しつこく追っているのか」

と、呟いた。

「もう少し捜してみます」

礼を言って引き上げようとした時、

「そうだ」

と、寺男が何かを思い出したように声を上げた。

「何か」

「柳島の妙見さんの近くで数人での喧嘩騒ぎがあったって、参詣に来たひとが言っていた。ひとりの男が匕首を握っていたそうだ。半次さんかどうかはわからねえが」

「それは三日前のことですか」

「そうだ。ちょうど岡っ引きが通りかかったので、皆散ったそうだ。もし、半次さんだとしたら、妙見さんの方に逃げたってことも考えられる」

「わかりました」

巳之助は善良寺を出て柳島に向かった。

三日も経っているから、もうこの近辺にはいないだろうと思いながら、柳島の妙見にやってきた。

寺の名は法性寺《ほっしょうじ》で、境内に妙見堂があり、妙見大菩薩が祀られている。参詣人は多い。門前にある葦簀《よしず》張《ば》りの水茶屋に入り、縁台に腰を下ろした。

派手な前掛けを締めた茶汲み女に甘酒を頼む。ここから通りが見渡せる。

女が甘酒を運んできた。

「すまねえ。ちょっとききたいんだが、お前さんは三日前もここに出ていたか」

「はい」

「じゃあ、喧嘩騒ぎがあったのを覚えているか」

「はい。覚えています。ひとりの男のひとを三人で囲んで、ひとりが匕首を取り出して」

女は顔をしかめて言う。

「で、どうなったんだ?」

「岡っ引きの親分さんが歩いてきたんです。そしたら、囲まれていた男のひとが急に親分の方に歩き出して。でも、三人は追いかけていきませんでした」

「親分に助けを求めたんだな」

「いえ、そのまま親分と擦れ違っていきました」

「どっちの方に行ったんだね」

「天神橋の方です」

その時、別の客が入ってきた。

「すまなかった」

巳之助は礼を言い、熱い甘酒を一口飲んだ。

半次は天神川沿いを一気に走り、竪川の方に向かったのかもしれない。すると深川に逃げたか。

甘酒を飲み干してから、

「姐さん、ここに置いておく」

と、巳之助は銭を置いて立ち上がった。

巳之助は半次のあとを追うように天神川沿いを進んだ。だが、当てがあるわけではない。天神橋に差しかかった時、巳之助は足を止めた。

果たして、半次は当てもなく深川の方に向かったのだろうか。本郷から押上村に逃げ、その後、半次はどこへ向かったのだろうか。

追手は、半次がさらにどこか遠くに逃げたと思うだろう。だとしたら、かえって押上村の近くにいたほうが安全かもしれない。

巳之助は途中で引き返した。半次ならそう考えるかもしれないと思った。

小春《こはる》の住まいが小梅村にある。巳之助は小春の住まいに向かった。

水車のある小屋の戸を叩き、

「小春、巳之助だ」

と、声を掛ける。

返事がない。

巳之助は戸を開けた。部屋には誰もいなかった。

その時、背後でひとの気配がしたので、はっと振り返った。

「お前さんか。びっくりした」

小春が驚いたように言い、

「まだ半次の行方はわからないの」

と、ため息交じりに言った。

「いや、もしや半次がここに逃げてきたかもしれないと思ったんだ」

「どういうこと?」

小春は土間に入って、巳之助に手招きした。

巳之助は中に入り、草履を脱いで部屋に上がった。

「半次は本郷の真行寺という『島田屋』の若旦那が眠っている寺の納屋に身を隠していたんだが、悪太郎一味に見つかって押上村に逃げたんだ」

「え？　それで半次は？」

「押上村からさらにまた他のところに逃げたそうなんだ。だが、俺は裏をかいて、あえて近くにいると睨んでいる」

「確かに、半次ならそうしそうね」

「それで、ここに寄ったんじゃないかと思ったんだが」

半次はそう言い、首を傾げた。

「そうだったの。じゃあ、私も捜すわ」

小春が意気込んで言った。

「すまねえ。俺はもう一度押上村に行ってみる」

そう言うと、巳之助は小春の家を飛び出し、押上村に向かって駆け出した。

五

もう日が暮れそうだった。

巳之助は押上村に辿り着いた。

日本橋、神田界隈と比べると、暑さが和らいでいる。だが、今日はやけに夕陽がおどろおどろしい。

道行く男たちが、半次を狙っている悪太郎の一味ではないかと疑ってしまうほどであった。

巳之助は、半次がまたどこかの寺に潜んでいるのではないかと思い、寺々を巡ってみた。いくつか回り、常照寺《じようしようじ》という伊勢亀山藩下屋敷からそれほど遠くない場所にある寺の境内に入ってみた。

ここの寺の離れに行ってみると、寺男には見えない若い色白の男がいた。

「ちょっと、お訊ねしますが」

巳之助は男に話しかけた。

「はい、何でしょう？」

男は丁寧な言葉で返した。

「あなたはこのお寺の方で？」

「いえ、こちらの離れに泊まらせてもらっているんです。もし、あなたも泊まりたいのであれば、住職さまは本殿の裏にある庫裏にいらっしゃいますから、そこに行って話してみるといいですよ」

「そうじゃないんです。あっしは人捜しで」

「人捜し？　それは失礼致しました。てっきり、私と同じように勘当されて、当てもなくここに辿り着いたんだと思いましたよ。二日にひとりくらいは誰かしら泊まらせてくれと来るもんですから」

男は苦笑いをした。

「その中に、半次という、耳が横に大きく張った男はいませんか」

巳之助はきいた。

「半次さん？　さあ、そんな人は知りませんね」

「そうですか」

「ちょっと、皆にもきいてみましょう」

男は一度離れに入って行き、しばらくすると、足を引きずって、片目を怪我している浪人を連れてきた。

「あの、このお侍さまが、あなたが仰っていた方によく似たような男を見たそうです」

「え、ほんとうですか？」

巳之助は浪人を見た。

「耳が大きく張っている奴だな？」

浪人がきいた。

「はい。あと、背が高くて、足の長い」

「じゃあ、違いない。その男だ」

「どこで見たのですか」

巳之助は思わず体を乗り出した。

「妙見さまの近くだ。よく見かける老人と話していた」

「よく見かける老人とは？」

巳之助がきいた。

「もしや、あのご隠居さんのことじゃありませんか。いつも、身ぎれいにしている」

色白の男が横から口を挟んだ。

「ご隠居？」

「ええ、柳島でお孫さんと暮らしているんです。なかなか粋なひとですよ」

「柳島のどの辺りに住んでいるのです？」

「ほんとう、妙見さまの近くです。なんなら、私が案内しますよ」

「いいんですか」

「ええ、暇なもんですから」

男はさっそく、

「こっちです」

と、歩き出した。

巳之助は浪人に頭を下げて、色白の男に付いて行った。

常照寺の山門を出て左に曲がり、伊勢亀山藩の下屋敷の手前の道を左に折れた。

そこからしばらく道なりに真っすぐ進んだ。

するると、右手に妙見社が見えてきた。

「ほら、あそこの茅葺き屋根のお家ですよ」

男は妙見社の手前の寮を指で示した。

寮の周囲は垣根があり、植え込みもあった。

ふたりは門を開けて、庭に入った。

「子《し》、曰く……」

と、母屋の裏手から老人の声が聞こえ、それを復唱するような小さな子どもの声もした。

「また論語を教えていますよ。私にもこんな時がありました」

男は妙に懐かしがりながら、母屋をぐるっと裏に回った。すると、障子を開けた部屋に、白髪が交じっているが姿勢の良い、少し瞼の垂れ下がった老人と、利発そうな男の子が本を持ちながら向かい合っていた。

老人は巳之助たちに気が付いたようで、論語の朗読を止め、

「おや、お前さんは」

「一太《いちた》でございます。先日はお世話になりました」

「はいはい、別に構わんよ。何か用かえ」

「ええ、ちょっとこの方が人捜しをしておりまして」

色白の男が巳之助を手のひらで示した。

「どうも、巳之助でございます」

巳之助は辞儀をしてから、

「ご隠居、半次という耳が横に大きく張った足の長い男を知りませんか」

と、訊ねた。

すると、巳之助のことを品定めするような目で見てきた。

「あっしは半次の知り合いなんです。あいつから事情を聞いているかどうかわかりませんが、決して危害を加える者ではありません」

巳之助は説明した。

「そうかい。半次はうちにいるよ」

「え？　本当ですか」

「ああ、奥にいる。いま呼んでこよう」

与一郎はそう言うと、奥に下がった。

色白の男は、与一郎の孫に近寄って、嬉しそうに話しかけていた。

やがて、裏庭の端の方から半次が現れた。

巳之助の顔を見るなり、気まずそうな顔をして、頭を掻いていた。

「半次、心配したんだぞ」

巳之助はそう言って、近づいた。

「どうしてお前が？」

「全て知っているんだ」

「全てって？」

半次は声を潜めて言った。

「借金のことや、『島田屋』のことや、悪太郎の一味に追われていることもだ」

巳之助は半次の耳元で力強く囁いた。

「でも、よくここがわかったな」

「色々きき回ったんだ。俺だけじゃねえ。小春や三津五郎も助けてくれたんだ」

「え？　あいつらまで？」

半次は驚いたように声を上げた。

「そうだ」

巳之助は大きく頷く。

「でも、どうしてそこまでしてくれたんだ」

「皆、お前のことを見捨てておけねえんだ」

「え？　見捨てておけないだと」

半次の声が少し震えていた。

「ああ、俺だって……」

巳之助が小さな声でそう言った時、半次の目に大粒の涙が浮かんだ。それから、顔を隠すように俯いた。すると、地面に涙が数滴落ちた。

「半次、これからどうするつもりなんだ」

巳之助は、半次の涙を袖で拭ってからきいた。

「ご隠居がまだここにいてもいいって言ってくださるから、ここにいようと思う」

「そうか。もし、また悪太郎の一味に見つかったら、俺の長屋に来るんだ」

「いや、それは……」

「遠慮するな。困った時はお互い様だ」

「すまねえ」

半次は巳之助の手を握りながら感謝の気持ちを述べて、

「悪太郎について伝えておきたいことがある。これは奉行所も知らないことかもしれねえが」

と、言い出した。

「何だ」

巳之助はきいた。

「悪太郎が押し込みで集めた金はあいつの懐に行くんじゃない。大伝馬町《おおでんまちょう》にある『上州屋』という質屋に流れているんだ」

半次が神妙な顔をして言った。

「あの『上州屋』に？」

巳之助は思わず声を上げた。

「知っているのか」

半次が驚いた顔をした。

「ああ、前に入ったことがある。阿漕《あこぎ》な奴だ」

巳之助は小さな声で言い、

「それにしても、どうして悪太郎は『上州屋』なんかに金を流すんだ？」

「いまの悪太郎は三代目なんだが、二代目の悪太郎が『上州屋』の旦那らしいんだ」

「あいつが二代目の悪太郎だと……」

そういえば、小春から聞いた話だと、二代目の悪太郎は江戸に出てきて、商売で成功していると言っていた。

『上州屋』の旦那のことを只者ではないと思っていたが、まさか二代目の悪太郎だとは思いもしなかった。

「このことを岡っ引きや同心にでも伝えれば、次の押し込みは防げるな」

巳之助は意気込んで言った。

「そいつは止《よ》したほうがいい」

半次が顔をしかめた。

「どうしてだ？」

「奉行所や岡っ引きの中にも、『上州屋』に金で買われた者たちがいる。密告すれば、お前の命だってあぶねえぞ」

半次が心配するような顔をした。

「でも、このまま放っておけば、さらに被害が広がるだけだ」

巳之助は力のこもった声で言う。

「悪太郎たちは、このままうまくいくわけはねえ。政二郎っていう奴と、欣二という奴さえいなければ、あいつらも派手に暴れまわれないはずだ。そのふたりさえ片付けてしまえば……」

半次が低い声を出した。

「よし、俺に任せろ」

「お前が？」

「ああ」

「政二郎は剣の腕が立つ。九郎兵衛の旦那に頼んだほうがいい。だが、旦那がそんな金にならないようなことを引き受けてくれるかどうか……」

半次は首を傾げた。

「わかった。俺が旦那に頼んでおく」

巳之助は半次と約束した。

それから、与一郎に礼を言って帰ろうとした時、

「ちょっと、すまない。先ほど、あっちで九郎兵衛とか言っていなかったか」

与一郎がきいてきた。

「いえ、それは……」

巳之助は思わず口ごもった。

「いや、だからどうっていうことはないんだが、うちの『川端屋』の新しい用心棒は松永九郎兵衛さまという名前なんだ。それで、ふと思い出しただけだ」

「松永九郎兵衛……」

それは間違いなく、三日月九郎兵衛のことだ。

巳之助は九郎兵衛を訪ねてみようと思った。

もう宵が迫ってきて、空には星が輝き出した。

第四章　黒幕

一

朝陽が射し込んでいた。九郎兵衛《くろべえ》は目を開けた。昨夜は何事もなく過ごした。

朝餉《あさげ》を摂り終えた時、女中がおえんの使いでやってきた。

九郎兵衛が客間に行くと、おえんと共に四十代半ばの温和な顔つきの男が大きな目を向けて迎えた。

「松永《まつなが》さま、こちらに」

九郎兵衛はおえんの近くに腰を下ろす。

「松永さま。こちら、『上州屋』の旦那の辻《つじ》右衛《え》門《もん》さんです」

さっそく、おえんが口を添えた。

「上州屋辻右衛門です」

相手は深々と頭を下げた。

「松永九郎兵衛でござる」

九郎兵衛は応じてから、

「拙者に何か」

と、おえんに目を遣った。

「上州屋さんから思いもよらないことを頼まれました」

おえんが困惑ぎみに言う。

「思いも寄らぬ？」

「上州屋さんからどうぞ」

おえんは辻右衛門を促す。

「松永さま」

辻右衛門は居住まいを正して続けた。

「実は、近頃、店の周囲を怪しげな男がうろついているのです。一昨日、女中が買い物に行こうと裏口を出た時、塀を見上げている煙草《タバコ》売りの男を見かけたのです。男はすぐにその場を離れて行ったのですが、昨日も手代が同じ煙草売りの男を見かけているのです。二日続けての不審な男」

辻右衛門は息を継ぎ、

「いま、巷を騒がせている押し込み一味の下見ではないかと……」

と、不安を口にした。

「それで、拙者に何を」

九郎兵衛はきいた。

「先日、松永さまおひとりで押し込みを防いだとお伺いしました。それで、ぜひ『上州屋』にも手を貸していただきたく、お願いに上がった次第です」

「手を貸す?」

「『上州屋』さんの用心棒になってくれないかと仰るんですよ」

おえんが困惑ぎみに言う。

「しかし、拙者は『川端屋《かわばた》』に雇われた身」

九郎兵衛は遠回しに断る。

「はい。それを承知で、お願いに上がったのです。内儀《おかみ》さんにもお願いしたところ、松永さまのお気持ち次第だと仰いましたので」

辻右衛門は諦めずに言う。

「前回、『川端屋』への押し込みに失敗した一味が改めて押し込みを企てるかもしれぬ。拙者はここを離れるわけにはいかぬ」

九郎兵衛ははっきり口にした。

「いえ、ここにはもう押し入ることはないと思います」

「なぜだ？」

「あのような連中は験《げん》を担ぐものです。けちがついたところには二度と入らないと思います」

辻右衛門は自信たっぷりに言う。

「いえ、一度失敗したからかえってむきになって、改めて押し込んでくるのではありませんか」

おえんが異を唱える。悪太郎《あくたろう》の性分をよく知っているのだ。

「仮にそうだとしても、もっと先の話だと思います。松永さまがいる限り、迂闊《うかつ》には忍び込んではこないと思います」

辻右衛門は膝を進め、

「内儀さん、ぜひ、松永さまをお貸しください。松永さま、どうか『上州屋』をお助けください」

温和な顔つきの辻右衛門が畳に手をついて訴えた。

「腕の立つ浪人は他にもたくさんいるだろう」

九郎兵衛は眉根を寄せて言う。

「いえ、松永さまでなければなりません」

辻右衛門は真顔になって、

「八丁堀の旦那の話では一味の中にかなりの腕の者がいるそうではありませんか。その者に太刀打ち出来るのは松永さましかおりません」

「確かに、腕の立つ男がいた」

九郎兵衛は政二郎《まさじろう》のことを思い出した。

「ですから、どうしても松永さまにお願いしたいのです」

辻右衛門は引き下がる気配はない。

「どうしたものか」

九郎兵衛はおえんの顔を見た。

自分はどちらでもいいが、いまは『川端屋』に雇われている身だ。おえんの気持ち次第だ、と九郎兵衛はおえんの口が開くのを待った。

だが、おえんは迷っている。

おえんはまた押し込みがあるという不安を持っているようだ。単に押し込むだけではなく、悪太郎が自分を殺しに来ると思っているのに違いない。

「内儀さん。では、十日間、いえ七日間だけでも、松永さまをお借り出来ませんか。その間に、もう一度『川端屋』を襲うとは考えられないと思います。なれど、『上州屋』には近々、押し込むつもりなのではないかと」

まだ考え込んでいるおえんに痺れを切らしたように、辻右衛門はさらに続けた。

「内儀さん、この通りです」

辻右衛門がまたも深々と頭を下げた。

おえんがため息をついた。

「わかりました。近々の危機であれば、五日以内には押し込みがあるのではありませんか。五日間だけ、松永さまをお貸しいたしましょう」

おえんは折り合いをつけて言う。

「松永さま。それでは五日間だけ、『上州屋』さんを助けて差し上げてください」

「内儀さえよければ、拙者は構わぬ」

「わかりました。五日で結構です。松永さま、よろしいですか」

辻右衛門は呟いてから、

「五日ですか」

おえんが言う。

「わかった」

「ありがとうございます。五日間だけでも手当は十分にお出しいたします」

辻右衛門はほっとしたように言った。

「で、いつからでございますか」

「今夜からでも」

九郎兵衛はおえんが頷いたのを確かめて、

「わかった。暮六つ（午後六時）ごろまでに『上州屋』に伺う」

と答えた。

「では」

九郎兵衛は先に部屋を出て、庭に出て庵に戻った。

しばらくして、おえんがやってきた。

「九郎兵衛さん、申し訳ございません。上州屋さん、とても強引で」

「なあに、拙者は金を貰えさえすればいいのだ。それより、いいのか」

「えっ？」

「政二郎のことだ。悪太郎一味が忍び込んできたら、今度こそ奴を斬ることになる」

「…………」

「内儀は政二郎にまだ思いが向いているのではないのか」

「いいえ、もう未練はありません」

「ほんとうか」

「だって、政二郎は私を殺そうとしたのです」

おえんはやりきれないように言う。

「政二郎がそなたを殺そうとしたのは、悪太郎の命令だからで、政二郎は本心から
そなたを殺そうとしたのではない。そのように思っているのではないのか」

「…………」

「隠さずともわかる。内儀はいま迷っている。悩んでいるのだ。そうであろう?」

「……………」

「いまさら、政二郎に付いていったって仕合わせにはなれぬ。いつかは獄門台に首を晒す男だ。諦めるのだ」

「亡き亭主に代わって私は『川端屋』を守っていかねばならないのです。そのような心配はご無用です」

「それならいいが」

九郎兵衛は頷いてから、

「悪太郎は政二郎にそなたを殺すように命じた。一度の失敗で諦めるとは思えぬ。これからも、そなたの命を狙うはずだ」

「……………」

「いずれにしても、外出する時は拙者が付いていく」

「はい」

「ただ、気になることがある」

「なんでしょうか」

「拙者が『上州屋』に行っていることを知ったら、その間に、悪太郎一味は『川端屋』に押し込むのではないか」

九郎兵衛はふと不安を口にした。

「私も、そのことが気になります」

「ならば、なぜ拙者が『上州屋』の用心棒になることを許したのだ？」

「…………」

おえんは口を閉ざした。

「どうした？」

「いえ、なんでも。ただ、『上州屋』さんには……」

「『上州屋』にはなんだ？」

「ええ」

おえんは言葉を選ぶように、

「ちょっと不義理があって、無下に断れなかったのです」

と、答えた。

「どういうわけだ？」

「それは……」

おえんは言い渋った。

九郎兵衛は顔をしかめ、

「まあいい。それより、万が一ということもある。町方に警戒してもらうのだ」

「わかりました」

「今日は昼間、出かけるのか」

「昼過ぎに。また、お願いします」

「そうか。では、いったん長屋に引き上げ、昼までにここに来る」

九郎兵衛は告げた。


『川端屋』を出た九郎兵衛は駒形町《こまがたちょう》の半次《はんじ》の長屋を訪ねた。

腰高障子を開けたが、やはり部屋に半次はいなかった。天窓から射す日の光で、汚れた部屋がよく見える。

九郎兵衛は土間を出て、隣の家の戸を叩いた。

「誰かいるか」

痩せぎすの女が顔を出した。大工の女房だ。何度か顔を合わせたことがある。

「すまぬ。半次はまだ帰ってこないのか」

「ええ。どうしちゃったんでしょうね」

女は不思議そうに言う。

「あれから誰も訪ねてはこなかったのか」

「何日か前に、半次さんを訪ねてきた男のひとがいましたけど」

「どのような男だ？」

「鋳掛屋《いかけや》のようでした。ふいごを持っていましたから」

「歳は？」

「二十五、六ってとこね。小柄で細身の、きりりとしたいい男だったわ」

巳之助《みのすけ》のことだ。

「それだけか」

「あと、ふたりの男を見かけました。少し無気味な感じの男でした」

「顔を見ているか」

「いえ、夜だったので顔までは……。ふたりともがっしりした体つきでした」

た。


「他には？」

「それくらいかしら」

「そうか。邪魔をした」

九郎兵衛は長屋を引き上げた。

それから、三津五郎《みつごろう》のところに行くと、ちょうど三津五郎が長屋木戸から出てきた。

「三日月の旦那」

三津五郎が近寄ってきた。

「半次は悪太郎一味に追われているようだな」

「知っていたんですか」

「半次を追っていた一味の者が捕まった。それから、もうひとりが殺されたんだ」

「ほんとうですかえ」

「そうだ。半次に逃げられたことで悪太郎から制裁を受けたようだ」

「じゃあ、もう追われる心配はないんですね」

「いや、それはわからん。新たな追手を繰り出しているかもしれぬのでな」

九郎兵衛は厳しい顔をし、

「半次の行方の手掛かりはまだないのか」

「小春《こはる》に会ったら、巳之助が柳島《やなぎしま》の妙見さんまでの足取りをつかんだそうです」

「まだ、無事なんだな」

「へえ」

「じゃあ、半次のことは頼んだ」

「三日月の旦那はまた『川端屋』に戻るんですか」

「いや、今夜から『上州屋』だ」

「『上州屋』？　どういうことです？」

わけを話してから、九郎兵衛は三津五郎と別れて、いったん自分の長屋に向かった。

二

その夜、巳之助がふとんを敷こうとして枕屏風をどけた時、腰高障子が開いて男が入ってきた。

「邪魔するぜ」

三津五郎だった。

「あんたか」

巳之助は枕屏風を元に戻し、上がり框《かまち》の近くに腰を下ろした。

「何かあったのか」

用件に想像はついたが、巳之助はあえて惚《とぼ》けた。

「座らせてもらうぜ」

三津五郎は上がり框に腰を下ろし、煙草入れを取り出した。

巳之助は煙草盆を差し出す。

「すまねえ」

そう言い、三津五郎は雁首《がんくび》の火皿《ひざら》に刻みを詰め、煙草盆を持って炭火で火を点ける。いちいち芝居でもしているような気取った仕草だ。

「何か」

巳之助は催促した。

「小春に聞いたが、半次の足取りをつかまえたそうじゃねえか」

「まあな」

「その先はわからねえのか」

「ああ。だが、直《じき》にわかる」

巳之助は安心させるように言った。

「そうか。昼間、三日月の旦那に会ったら、半次を追っていた男のうち、ひとりが殺され、ひとりが捕まったそうだ」

「それはほんとうか」

「半次を捕まえられなかった制裁を受けたのだろうと、三日月の旦那が言っていた」

「そうか。じゃあ、もう心配ないか」

「巳之助。おめえ、まさか」

三津五郎が煙を吐いてから雁首を灰吹《はいふき》に叩いて灰を落とした。

「そうだ。半次を見つけた」

「ほんとうか」

「いま、柳島のある場所にいる」

「会ったのか」

「ああ、会って事情を聞いた」

「なぜ、そいつを教えてくれなかったんだ？」

三津五郎は詰《なじ》った。

「半次に頼まれたのだ」

「頼まれた？」

三津五郎は憤慨してきく。

「半次は三津五郎や小春に災難が降りかかるのを恐れていたんだ。半次の仲間だと知れたら、悪太郎一味が何をするかわからない。迷惑をかけたくないから、おめえたちのところに寄りつかないようにしていたそうだ」

「ちっ、水臭《みずくせ》え」

三津五郎は吐き捨てた。

巳之助は事情を話した。

「なんだと。じゃあ、半次は『川端屋』の大旦那の隠居所にいるのか」

「そうだ。不思議な因縁だ」

巳之助は言ってから、

「それより、三日月の旦那はまだ『川端屋』にいるのか」

「いや、今夜から『上州屋』だそうだ」

「『上州屋』だと？」

巳之助は唖然とした。

「詳しいことはわからないが、用心棒を頼まれたそうだ」

「『上州屋』で用心棒だと」

巳之助は目を剝《む》いた。

「おいどうしたんだ、そんな恐い顔をして」

「半次が言っていた。『上州屋』は悪太郎一味と関わりがあるそうだ。半次はそのことを知っていたから口封じを……」

「じゃあ、罠《わな》か」

「そうだ。今夜、三日月の旦那に会ってくる」

「……………」

三津五郎は口を半開きにしていた。

その夜深更、黒装束に身を包んだ巳之助は大伝馬町《おおでんまちょう》にある『上州屋』の裏手の暗がりに佇んだ。土蔵が聳《そび》えている。

静かだ。鉤縄を松の枝に引っかけて、忍び返しの塀を上り、難なく乗り越えて庭に下り立った。

草いきれがむっとする。植え込みを抜け、池の脇を通った。

ここに忍び込むのは二度目だ。土蔵から少し離れたところに小屋があるのを覚えている。そこに、九郎兵衛がいるのではないかと見当をつけた。

巳之助は小屋の脇の窓の下にしゃがみ、辺りの気配を窺った。物音ひとつしない。

巳之助は立ち上がり、窓から中を覗く。

真っ暗だ。無人のように静かだ。だが、微かにひとの気配を感じる。その時、巳之助ははっとして横っ飛びに逃れた。

侍が立っていた。

「押し込みか」

侍は刀の柄《つか》に手をかけ、いきなり抜き打ちに斬りつけた。巳之助は後ろにトンボを切った。

「三日月の旦那」

体勢を立て直して、巳之助は呼びかけた。

「なにっ」

九郎兵衛は殺気を消した。

「あっしですよ」

巳之助は頬被りをとった。

「巳之助ではないか」

九郎兵衛は驚いたように言い、

「神田《かんだ》小僧《こぞう》はここに狙いをつけたのか」

と、きいた。

「そうじゃねえ。三日月の旦那に話があって来たんです」

「よし、中へ」

表にまわり、戸を開けて中に入る。

その時、外で足音がした。

「松永さま。何かございましたか」

屈強な体つきの男が顔を覗かせた。巳之助は部屋の隅に身を潜めた。

「なんでもない。ちょっと素振りをしていただけだ」

九郎兵衛が答える。

「そうですか。じゃあ、失礼します」

男は引き上げて行った。

行灯の仄《ほの》かな明かりが殺風景な部屋を照らし出していた。九郎兵衛は腰から刀を外して部屋に上がった。

差し向かいになってから、

「巳之助、わざわざこんなところまで俺を訪ねてくるなんて只事ではないな」

と、九郎兵衛は厳しい表情できいた。

「へい」

「俺がここにいることは三津五郎から聞いたのか」

「そうです。半次は見つかりました」

「そうか、見つかったか」

九郎兵衛は安心したように言う。

「最初からお話しします」

と、巳之助は『島田屋』の押し込みのことから話し出し、

「その賊のひとりが『島田屋』の裏にある長屋に逃げ込んだ。その時、お新《しん》という女が賊とぶつかって倒れ、足をくじいたのです。その賊の特徴が半次にそっくりだったんです。

「まさかとは思いながら半次の長屋を訪ねたら半月近く前から帰っていないという。

小春の話では、半次は博打で大負けして借金を作ったようです」

「その借金のことで、盗賊の仲間になったというのか」

九郎兵衛は憤然と吐き捨てた。

「へえ。なぜ、悪太郎が半次に目を付けたかというと、半次は『島田屋』の若旦那と親しかったんです。それで、半次を利用し、若旦那に錠を開けさせたのだそうです。ところが、賊は若旦那をすぐ殺し、半次も口封じされそうになって逃げ出したんです」

「そうか。博打はそこそこにしておけと言ったのに」

九郎兵衛は渋い顔をした。

「それから半次は本郷の寺と押上村《おしあげ》の寺の納屋に隠れていたのですが、そこも見つかって逃げ込んだ先が『川端屋』の大旦那の隠居所でした」

「なに、『川端屋』の大旦那のところだと」

九郎兵衛は唸った。

「ええ」

「まさか、そんなところで匿《かくま》われているとはな。いずれにしろ、よかった。それにしても、あの大旦那がよく匿ってくれた」

「半次が三日月の旦那のことを話したら、信用してくれたそうですぜ」

「大旦那は俺のことを信用に足ると思ってくれていたか」

九郎兵衛はしみじみ言ってから、

「わざわざ、そのことを知らせに来てくれたのか」

と、きいた。

「いえ、話はこれからで」

巳之助が言うと、九郎兵衛の顔つきも変わった。

「なんだ？」

九郎兵衛は膝を少し進めた。

「実は半次がこの『上州屋』のことを口にしました。『上州屋』の主人の辻右衛門は悪太郎一味と繋がっているってことです」

「なんだと」

九郎兵衛は、かっと目を見開いた。

「『島田屋』を襲った夜、盗んだ金を持って一味は『上州屋』に逃げ込んだはずだと、半次は言ってました」

九郎兵衛は厳しい顔をし、

「それで、読めた。悪太郎一味は『川端屋』の裏口から入ってきたのだ。内部の者が錠を外したのだ。誰が開けたか、いまわかった。手代の栄太郎《えいたろう》だ」

と、憤然として言った。

「手代の栄太郎？」

「理由はわからぬが、八年前、『川端屋』に移ってきたそうだ」

九郎兵衛は眦《まなじり》を吊り上げて続ける。

「手代の栄太郎は内儀のおえんを毛嫌いしている。あることないことを番頭や女中たちに言いふらして、おえんを貶《おとし》めようとしているようだ。栄太郎が『上州屋』の出で、その『上州屋』が悪太郎一味と繋がっているとしたら、そこに何か見えてくる」

「ひょっとして、『上州屋』は『川端屋』を乗っ取ろうとしているんじゃねえか。悪太郎一味に押し込ませ……」

巳之助は途中で声を止め、ふと耳をそばだてた。

九郎兵衛は立ち上がって、戸口に向かった。巳之助は部屋の隅に隠れた。

九郎兵衛が戸を開けると、女中が立っていた。

「旦那さまがこれをお届けするようにと」

そう言い、徳利を九郎兵衛に渡した。

「酒か。ありがたい。旦那によしなに」

そう言い、九郎兵衛は戸を閉め、徳利を抱えて戻ってきた。

「ちょうどいい、呑《の》むか」

九郎兵衛が茶碗をふたつ出した。

「いえ、あっしは結構です」

「そうか、じゃあ、俺は呑む」

徳利の栓を外し、茶碗に注ぐ。

「だいじょうぶですかえ」

「毒が入っているとでも言いたいのか」

そう言いながら、九郎兵衛は鼻に茶碗を当て匂いを嗅いだあと、舌先を酒につけた。しばらくして、

「心配ない」

と言い、一気に喉に流し込んだ。

ふうと息を吐いてから、

「なぜ、毒を心配したのだ？」

と、九郎兵衛はきいた。

「『上州屋』は悪太郎一味を利用して、旦那を殺そうとしているに違いありません。押し込む前に毒で片付けられたら世話はありませんから」

九郎兵衛は新しく酒を注いだ茶碗を持ったまま、厳しい表情になった。

「罠ですぜ」

巳之助は言う。

「…………」

「『川端屋』の押し込みで痛い目に遭わされた三日月の旦那を、悪太郎一味と『上州屋』にいる浪人たちとで襲おうっていうんじゃありませんか」

巳之助は続ける。

「あっしの考えはこうです。夜中に、悪太郎一味が忍び込む。それを察した三日月の旦那が立ち向かう。その旦那の背後から味方であるはずの『上州屋』にいる浪人が不意を突いて襲う。どうですね」

「なるほど、そういうことか」

九郎兵衛は頷く。

「感心している場合じゃありませんぜ」

巳之助は呆れたように言う。

「それならそれでいい。その罠に乗ってやるまでだ」

九郎兵衛はにんまりした。

「でも、敵陣の中にたったひとりですぜ。多勢に無勢です。理由をつけて、ここから出たほうがいいんじゃありませんか」

巳之助は忠告した。

「馬鹿言うな。敵のことを知るいい機会ではないか。うまくいけば、敵を壊滅出来るかもしれない」

「ひとりじゃ無理だ。あっしもここに泊まり込む」

「いや、俺に考えがある。ことが収まったあとにそなたがいたのでは、何かと面倒だ」

「でも」

「心配ない。かえって面白くなったと腕が鳴る」

九郎兵衛は豪胆に言い放った。

「もういい。引き上げろ」

「そうですかえ」

「巳之助。礼を言う。敵の企みを知っていればそれなりの心構えが出来る」

「そうですか。では、明日また来てみます」

「いや、近寄るな。俺に任せろ。企みに気づいたことを敵に悟られたくない」

「わかりました」

巳之助は九郎兵衛の考えにほぼ想像がついた。

「じゃあ」

巳之助は立ち上がり、念のために窓から外に出て、塀を乗り越えた。

三

九郎兵衛は微かな物音に目を覚ました。部屋の中は真っ暗だ。

窓の外にひとの気配がした。横になったまま、枕元に置いてある刀に手を伸ばす。誰かがいるのがわかる。やがて、微かな足音が遠ざかって行った。九郎兵衛は刀から手を放した。寝ているかどうか確かめに来たのかもしれない。

用心棒か。あるいは、辻右衛門かもしれない。悪太郎一味が忍び込む刻限の九郎兵衛の様子を探るためか。

明日の夜に決行するつもりなのだろうか。

それから九郎兵衛は眠りについた。

雀の囀《さえず》りで目を覚ました。九郎兵衛は外に出た。陽光が庭に射していた。母屋を見ると、二階の雨戸はもう開いていた。奉公人たちはとうに起きているのだろう、女中が朝餉を運んできてくれた。白米に納豆、たくわん、そしておみおつけ。九郎兵衛は一気に食べ終えた。

それから、九郎兵衛は離れを出た。

すると、辻右衛門がやってきた。

「お休みになれましたか」

「いただいた酒をぜんぶ吞んだせいか、ぐっすり眠ってしまった」

九郎兵衛は快活に笑ってから、

「何か」

と、問いかける。

「これから『川端屋』さんの方でございますか」

「うむ。昼間はおえんどのの用心棒だ」

「そうですか。ごくろうさまです。今夜もお願いいたします」

「では」

九郎兵衛は庭をまわり裏口から出て行った。


神田小柳町《こやなぎちょう》の『川端屋』に着いて、九郎兵衛が庵で休んでいると、おえんがやってきた。九郎兵衛は体を起こした。

おえんは部屋に上がってきた。

「『上州屋』さんはいかがでしたか」

「どうってこともない」

九郎兵衛は言ってから、

「どうした、何かあったのか」

と、おえんの顔色を見てきいた。

「どうしてですか」

「顔が強張っている。先日の男からまた呼び出しの文《ふみ》があったのではないだろうな」

「違います」

「先日の文をそなたに届けたのは誰だ？」

「どこかの小僧が手代の栄太郎に預けたのです」

「やはり、そうか」

九郎兵衛は冷笑を浮かべた。

「やはりとは？」

おえんがきいた。

「そなた、栄太郎のことをどう思っているのだ？」

「どうって？」

「栄太郎はそなたを嫌っているようだ」

「はい」

「わかっているのか」

「栄太郎が番頭さんや他の奉公人に、私を貶めるようなことを言いふらしていることは知っています」

おえんは困惑したように眉根を寄せた。

「何とも思わないのか」

「それは悔しいですけど」

「悔しいけど、なんだ？」

「………」

「私が何を言っても信じてもらえませんから」

おえんは自嘲ぎみに言う。

「栄太郎は八年前に『川端屋』に来たそうだな」

「はい、私が嫁ぐ一年前に来ました」

「どこからだ？」

「『上州屋』さんです」

「なぜ、『上州屋』から栄太郎がやってきたのだ？」

九郎兵衛は不思議に思ってきいた。

「『上州屋』の娘さんが若旦那に嫁ぐことになっていたのです。大旦那と辻右衛門さんの話し合いで決まったことです。それで、嫁ぐ娘さんがやりやすくなるようにと、栄太郎を先に寄越したんです」

「ところが、当時の若旦那はそなたを選んだというわけか」

「はい」

「なるほど。それでか」

　栄太郎はおえんを憎んでいるのだ。

「内儀、だいぶわかってきた」

「何がですか」

「なぜ、押し込みを手引きしたかということだ」

「押し込みの手引き？　ひょっとして、栄太郎ですか」

「なぜ、そう思うのだ？」

「なんとなく。でも、なぜ栄太郎がそんな真似を？」

「いまにわかる」

　九郎兵衛は含み笑いをした。

「ところで、何か隠しているのだろう。正直に言うのだ」

「別に隠してなんか」

「拙者の目はごまかせぬ。さっき入ってきた時の表情は尋常ではなかった。思い詰めた目だった」

九郎兵衛は言い切ってから、

「また、政二郎が何か言ってきたのだな」

と、問い詰める。

「政二郎はなんと言ってきているのだ？」

「…………」

「まさか、ここを出て行くつもりではないだろうな。殺されに行くようなものだ」

おえんは答えない。

「やはり、そなたはあの男のことが忘れられないのか」

「そうじゃありません」

おえんは辛そうに言う。

外で声がし、おえんが戸口に行った。

「これは関《せき》の旦那」

おえんの声がした。

九郎兵衛も外に出た。

「欣二《きんじ》のことで何かわかりましたか」

「柳原の土手を、欣二は髷《まげ》の先を散らした色白の男と一緒に歩いていた」

「…………」

政二郎だと思ったが、九郎兵衛はあえて口にしなかった。

「おそらく仲間割れだろう。やはり、そなたに捕まったことが原因かもしれない」

関は言う。

「松永さま。私は向こうに行っています」

関にも会釈をし、おえんはその場から離れた。

「捕らえた時、欣二は何か言っていたのではないか。そのことで、お頭の悪太郎から制裁を受けたのではないか」

「あの男は何も言おうとしなかった」

「そうか」

「で、髷の先を散らした色白の男のことはわかったのですか」

「悪太郎の一番の子分で政二郎だ」

「やはり、そうですか」

九郎兵衛は呟いた。

「では、また」

関が引き上げようとするのを、

「お待ちを」

と、九郎兵衛は呼び止め、

「お話がある。どうか中に」

と、強引に誘った。

「よし」

関は何かを察したように、部屋に入った。

部屋で差し向かいになるなり、

「拙者、いま、大伝馬町にある『上州屋』の用心棒に雇われています」

と、九郎兵衛は切り出した。

「詳しい経緯は省きます。今宵、『上州屋』に悪太郎一味が押し込むと睨んでいます」

「なんと」

関は目を剝き、

「なぜ、そう思うのだ？」

「拙者が『上州屋』にいるからです」

「うむ？」

「悪太郎一味の狙いは『上州屋』でなく、拙者かと思われる。拙者を斃《たお》したあと、改めて『川端屋』に忍び込むつもりに違いありません」

九郎兵衛は声を潜め、

「『上州屋』の中に、仲間がいるのです」

「なんと」

「今宵、『上州屋』の近くに捕り方を手配してくださらぬか」

「しかし、そなたは『川端屋』が襲われるかもしれないと言っていたではないか」

「拙者を別の場所に呼び出し、その留守に押し込むつもりかもしれないと考えました。しかし、いまは『川端屋』も用心をしており、前のように忍び込むことは難しいはずです」

もう栄太郎が裏口の錠を外すことは出来ないはずだ。

「やはり、拙者が狙いと考えるほうが妥当だと」

それに、悪太郎一味に押し込まれたとなれば『上州屋』と悪太郎一味の関係を打ち消すことが出来る。その一石二鳥を狙ったものだ。

「悪太郎一味が本当に現れるという確かな証《あかし》はあるのか」

「拙者を信じていただくしかない」

「それじゃ無理だ」

「『上州屋』との約束は昨日から五日間、そのうちのいずれかに押し入るはず。早ければ、今夜にも。信じていただきたい」

関は顎に手を遣り、考え込んだ。

「必ず来ます」

「よし」

関は腹を決め、

「わかった。手配しよう」

と、厳しい顔で言った。

「気づかれずに『上州屋』を包囲し、一味全員が『上州屋』に入り込み、騒ぎが起こるまで待ってくだされ」

「いいだろう」

意気込んで、関は立ち上がった。

「では、今宵」

そう言い、関は出て行った。

九郎兵衛はそれから名刀三日月を抜き、目釘を確かめた。今宵は血を吸うかもしれぬと、白刃を睨みつけた。


暮六つ（午後六時）に、九郎兵衛は『上州屋』の離れに入った。

すでに行灯に灯が入っていた。さらに、徳利がふたつ、置いてあった。酒が入っている。酒で酔わせておこうというのか。

九郎兵衛はあぐらをかき、さっそく酒を呑み出した。

小半刻（三十分）ほど経って、辻右衛門がやってきた。

「松永さま。またお持ちいたしました」

辻右衛門は徳利を差し出す。

「これはありがたい。もう、ふたつとも空だ」

膝近くに空の徳利が転がっていた。

九郎兵衛は徳利をつかみ、酒を茶碗に注ごうとしたが、

「やめておこう、これ以上呑んだら、いざという時、体が思うように動かぬ」

と、思い止まった。

「今宵は月が皓々《こうこう》と照っております。このような明るい夜に押し込みはありますまい。どうぞ、遠慮なさらず」

「そうだな」

九郎兵衛は舌なめずりをし、酒を注いだ。

九郎兵衛が茶碗を口に運び、呑み干すのを、辻右衛門はじっと見つめていた。

「うまい」

九郎兵衛はまた酒を注ぎながら、

「ここの酒はうまい」

と、呟く。

「伏見の酒です」

「そうか」

九郎兵衛は茶碗を口に運ぶ手を途中で止め、

「つかぬことを訊ねるが、『川端屋』の栄太郎という手代はもともと『上州屋』にいたそうだの」

「はい。さようで」

「なぜ、『上州屋』の者が『川端屋』へ？」

「これにはちょっとしたわけが」

「酒の肴に聞かせてもらいたい」

「さようですな」

辻右衛門は少し迷っていたようだが、やがて口を開いた。

「私の娘が『川端屋』の若旦那に嫁ぐことになっていたのです」

「ほう」

九郎兵衛は初めて聞く振りをしている。

「ところが、『川端屋』の若旦那があろうことか、おえんという女を嫁にしたのです。私は顔に泥を塗られた」

辻右衛門の眼光が鈍く光った。

「娘のために、すでに栄太郎を『川端屋』に先乗りさせてありました。全て用意万端整っておりましたのに」

「そうであったか」

九郎兵衛は応じてから、

「破談になったあとも、栄太郎はそのまま『川端屋』に？」

「そうです」

「なるほど。それで、栄太郎はあの内儀を疎んじているのか」

「素姓の卑しい女でございますから、栄太郎にとってはついていけないのでしょう」

「ならば、なぜ栄太郎を戻さなかったのだ？」

「栄太郎は才覚もあり、番頭さんから気に入られており、そのまま居続けることになりました」

「そうか」

九郎兵衛は茶碗を口に運んだ。辻右衛門は当時から『川端屋』を乗っ取ろうという企みがあったのだ。

「で、娘御はどうしたのだ？」

「他の大店《おおだな》に嫁いでおります」

「それはよかった」

九郎兵衛は言ってから、

「だが、『川端屋』は今後、どうなるのであろうな。子どもはまだ幼いからな。大旦那が復帰するのか」

「さあ、どうでしょうか。さて」

辻右衛門は膝をぽんと叩き、

「私はそろそろ」

と言い、立ち上がった。

「では、よろしくお願いいたします」

辻右衛門が引き上げ、ひとりになった。九郎兵衛は徳利の酒を流しに捨てた。もったいないと思いつつも、あれば呑んでしまう。今夜の襲撃に備えるために万全な体調でいなければならぬ。

九郎兵衛は行灯の灯を消し、刀を抱えるようにして壁に寄り掛かった。

丸窓から月影が射し込んでいて、仄かに明るい。

九郎兵衛は辻右衛門の企みに思いを馳せた。

『上州屋』に悪太郎一味が押し入り、用心棒が殺されて、金を盗まれたと訴える。その後、間を置いて『川端屋』に押し入り、おえんや番頭の玉之助《たまのすけ》を殺害して逃亡する。そこで、辻右衛門が『川端屋』の再興に乗り出し、与吉《よきち》が一人前になるまでの後見を願い出る。

与吉が『川端屋』の当主になるまでには年齢からして大旦那の与一郎《よいちろう》はこの世からいなくなっているはずだ。

そうなれば、与吉をいつでも追い出せる。

辻右衛門はそのような筋書きを描いているのではないか。壁に寄り掛かり、目を閉じて、そんなことを考えていた。

やがて眠りに入った。が、微かな物音で目を覚ました。

すっくと立ち上がり、刀を手にして窓辺に寄る。裏口の扉が微かに軋む音が九郎兵衛の耳には聞こえた。

刀を差し、九郎兵衛は小屋の土間をそっと出た。そして、小屋の裏に隠れた。やがて、十人ほどの黒装束の賊が庭に入ってきた。

賊のひとりが戸に手をかけた。そっと開けた。黒い布で頬被りをした長身の男が土間に足を踏み入れた。侍ではないが、腰に刀を差している。

しかし、誰もいないと知り、すぐ飛び出してきた。

「俺はここだ」

九郎兵衛は小屋の脇から出た。

賊は驚いたように後ろに飛び退く。

その横に胴長短足の小肥りの男がいた。

「お前が悪太郎か」

その男に、九郎兵衛は問いかける。

「お前とは二度目だ。『川端屋』の礼をさせてもらう」

悪太郎とおぼしき男が言うと、長身の男が刀を抜いた。月明かりで、頬被りをしていていても鼻が高いのがわかった。

「政二郎だな」

「松永九郎兵衛、今夜が冥土の旅立ちだ」

そう言うや、政二郎は斬り込んできた。九郎兵衛は抜刀して相手の刀を弾いた。

「欣二を殺したのはお前か」

九郎兵衛は正眼に構える。政二郎は腰をかがめ、刀を肩に担ぐようにして迫った。

「その刀が押し込み先でさんざんひとの血を吸ってきたのか」

九郎兵衛は問い詰める。

「お前の血も吸う」

「そいつは無理だ」

九郎兵衛は不敵に笑い、悪太郎に顔を向け、

「悪太郎。そなたと『上州屋』の辻右衛門はどのような関係だ」

と、きいた。

「死に行く者に話しても無駄だ」

「もう一度、きく。どのような関係だ」

「関係などない」

「嘘を吐《つ》くな。ここにやってきたのは金を盗むためではない。俺が目当てだ。押し

入ってきて、真っすぐ小屋に入ってきたな。俺がいることをどうして知っていたのだ？」

「………」

「辻右衛門から聞いたからではないのか」

「黙れ。やれっ」

悪太郎の合図に、政二郎は突進してきた。九郎兵衛は待ち構えて、振り下ろされた刃を刀の鎬《しのぎ》で受け止めた。

政二郎は凄まじい力で押さえつけてきた。九郎兵衛は押し返したが、政二郎も懸命に堪える。九郎兵衛はさっと飛び退いた。政二郎も同時に飛び退いた。

その時、九郎兵衛の背後から凄まじい勢いで刀が振り下ろされた。九郎兵衛は振り向きざまに襲いかかった侍の刀を弾いた。その隙を突いて、政二郎が突進してきた。九郎兵衛も刀を振りかざし、相手の懐に飛び込むように足を踏み込んだ。激しく刃と刃がかち合った。激しく打ち合いながら、九郎兵衛は強引に相手に迫る。政二郎が後退《あとじさ》った。なおも攻め続けようとした時、

「俺が代わろう」

と、それまで黙って見ていた大柄な侍が政二郎の前に割って入った。

「そなたとは一度会ったことがあるな。そうだ、柳島の近くだ」

九郎兵衛は相手の顔を見て思い出した。待ち伏せていた四人の浪人のひとりだ。

「今宵は決着をつけようぞ」

大柄な侍は抜刀し、正眼に構えた。九郎兵衛も正眼に構えをとった。相手の獰猛《どうもう》な顔が月明かりに浮かび上がった。

他の賊は遠巻きに見ている。

「そなたは『川端屋』の時にはいなかったな。今回、初めて加わったとも思えぬ。『上州屋』に雇われているのか」

「黙れ」

大柄な侍はじりじりと間合いを詰めてくる。

「出来るな。だが、俺の相手ではない」

九郎兵衛は不敵に笑う。

「なんだと」

相手は九郎兵衛の挑発に乗った。

「それはこっちの台詞《せりふ》だ」

そう言うや否や、相手は裂帛《れっぱく》の気合もろとも上段から斬りつけた。九郎兵衛は腰を落とし、地を蹴って相手の脇をすり抜けながら脾腹《ひばら》を斬りに行った。

相手は身を翻して刀の切っ先を躱《かわ》した。九郎兵衛の刀は空を斬った。

「その程度か」

今度は相手が挑発するように言う。

「殺したくないから浅手を狙ったのだ。殺すつもりなら、本気で斬っていた」

九郎兵衛は冷笑を浮かべた。

「ほざきやがって」

侍は八双に構えた。

三人が刀を突き付け、三方から九郎兵衛に迫った。

「やめろ、お前たちの敵う相手ではない」

大柄な侍は下がるように命じ、改めて正眼に構えた。相手を斬るのもやむなしと、九郎兵衛は目の前に剣を立てて構えた。

相手は間合いを詰めてくる。九郎兵衛は待ち構えた。流れてきた叢雲《むらくも》が月にかかり、辺りが翳《かげ》った。その瞬間に、相手が上段から斬り込んできた。九郎兵衛は十分に相手を引き付け、振り下ろされた刀が頭上に迫った刹那、素早く踏み込み、相手の胴を狙って刀を突き出し、そのまま脇をすり抜けた。

数歩進んで大柄な侍の動きが止まり、やがてどっと倒れた。

その時、呼ぶ子の音が夜陰に轟いた。

悪太郎一味に動揺が走った。

裏口から同心の関を先頭に捕り方が入ってきた。

「この屋敷は包囲されている。観念せよ」

関が十手《じって》を突き出し、大声を発した。

九郎兵衛は、はっとした。悪太郎と政二郎の姿がなかった。大柄な侍と争っている間に、何か異変を察知したのかもしれない。

迂闊だったと、九郎兵衛はほぞを噬《か》んだ。

四

その頃、『上州屋』の入母屋《いりもや》造りの屋根に黒い影が動いた。黒装束に身を包んだ神田小僧の巳之助だった。

巳之助は屋根の月影の射さない入母屋に身を隠し、悪太郎一味が裏口から入り込んできて、九郎兵衛と対峙したのを見ていた。そして、九郎兵衛が『上州屋』の用心棒の侍と立ち合っている間に、悪太郎と政二郎のふたりがこっそり母屋の方に消えたのに気づいた。やがて、ふたりは『上州屋』を抜け出て、人気《ひとけ》のない夜道を堀留町《どめちょう》に向かった。巳之助は屋根から地に下り立ち、ふたりのあとを尾けた。

ふたりは頬被りをとり、尻端折《しりはしょ》りも直し、東堀留川沿いを行く。巳之助も頬被りをとってあとを尾ける。

日本橋川の川沿いの小網町《こあみちょう》を抜ける。ふたりは焦ったように早足だ。北新堀町《きたしんぼりちょう》に入り、日本橋川を渡って霊岸島《れいがんじま》に入った。途中、ふたりは何度か立ち止まって振り返った。そのたびに、巳之助は暗がりに身を隠す。

ふたりは大川沿いの大川端町の外れにある一軒家に向かった。格子戸を叩くと、しばらくして若い女が顔を出した。

ふたりは中に入った。

巳之助は裏から庭に忍び込み、床下にもぐり込む。火縄に火を点け、その淡い灯りを頼りに床下の奥に進む。

やがて、話し声が聞こえてきて、巳之助はその場で止まり、耳をそばだてた。

「ちくしょう。まんまとはめられた」

忌《い》ま忌《い》ましげな声が聞こえる。

「やっぱり、松永九郎兵衛って侍を気にせず、『川端屋』を襲うべきでしたね」

口のきき方から、この声が政二郎だろう。

「辻右衛門の言う通りにしたのが間違いだった。あん時、おめえが気づかなきゃ、いま、こうして、ここにはいられなかった」

悪太郎の声だ。

「松永九郎兵衛の余裕が気になったんですよ。それに、『上州屋』の辻右衛門との関係をきいていた。俺たちが押し込むことを知っていたみたいでした。それでもしやと思って」

「危ういところだった」

「辻右衛門さんはどうなりましょう。捕まりましょうか」

「あの男のことだ。あくまでも悪太郎一味に押し込まれた被害者面でしらを切り通すはずだ」

「じゃあ、皆は……」

「残念だが、逃げられまい」

「それより、ここはだいじょうぶなんですかえ」

「心配ねえ。ここを知っているのは欣二とおめえだけだ。手下は口を割りようがねえ。だが、品川の隠れ家は知られたとみていい」

悪太郎は言ってから、

「ただ、もう江戸にいるのは難しい。ほとぼりが冷めるまで、上州に引き上げるしかあるまい」

「へえ」

政二郎は口惜しそうに応じる。

「江戸を離れるのは『上州屋』に預けてある金を受け取ってからだ」

悪太郎が言う。

「お頭。素直に金を寄越しますかね」

政二郎が不安そうに言う。

「辻右衛門はあっしらが奪った金を横取りするために、あっしたちを奉行所に売るんじゃありませんか」

「いくら非道な男でも、先代の悪太郎だ。以前は俺たちの頭だった男だ。仲間を裏切る真似はするはずねえ」

「そうでしょうか」

政二郎が不安そうに言う。

「ともかく、奉行所の目を盗んで、『上州屋』に乗り込むのだ」

「わかりました」

「お頭」

女の声がした。

「私は江戸を離れるの、いやよ」

「おとせ。おめえ、俺と別れるっていうのか」

悪太郎が押し殺した声で言う。

「そうじゃないけど」

「姐さんも悪太郎一味の仲間だ。捕まったらよくても遠島だ。お頭に付いていったほうがいいですぜ」

「私は松永九郎兵衛を人気のない方に誘《おび》き出しただけじゃないさ」

「だが、お頭の金をずいぶん使ってますぜ。この家に住めるのもお頭のおかげ。江戸にいちゃいけませんぜ」

おとせという女から返事がない。

「おとせ。付いてくるんだ」

悪太郎が言う。

「わかりました」

おとせが渋々応じた。

「どうした？」

悪太郎が不審そうな声を上げた。

巳之助ははっとし、すばやく床下から庭に出た。そして、庭の植え込みに身を隠した。

雨戸が開いて、政二郎が庭に下り立った。

辺りを見回し、床下に目を遣る。漆黒の闇の床下に、ひとの気配を窺っているのだ。

「誰かいるか」

「いえ、気のせいだったようです。念のために裏を」

そう言い、政二郎は家の裏にまわった。その間に、巳之助は塀を乗り越えた。

翌日の昼前、巳之助は神田小柳町にある『川端屋』に行き、番頭らしき男に頼んで九郎兵衛の寝泊まりしている庵に通してもらった。

「三日月の旦那」

庭先から、巳之助が声を掛けた。

しばらくして、九郎兵衛が丸窓の障子を開けて顔を見せた。目をしょぼつかせている。

「寝ていたんですか」

「うむ、明け方にここに帰ってきたのだ」

「昨夜はたいへんでしたね」

「知っているのか」

「『上州屋』の屋根から一部始終を見てました」

「いたのか」

九郎兵衛は目を見張った。

「まあ、上がれ」

「へい」

巳之助は戸口にまわって、土間に入った。

部屋に上がると、九郎兵衛はふとんを畳んでいた。

差し向かいになってから、

「奉行所が駆け込んできたところまではわかっています。その後、どうなったんですね」

と、巳之助はきいた。

「悪太郎一味は捕まえたが、雑魚《ざこ》ばかりだった。悪太郎と政二郎には逃げられた」

「『上州屋』の辻右衛門は？」

「奴は押し込みに入られた被害者だと役人に訴えている。俺が悪太郎一味とつるんでいると訴えても関という同心はまったく聞き入れようとせぬ」

「浪人は？」

「俺が斬った侍は『上州屋』に雇われた用心棒だと訴えても信じてもらえぬ。俺を艶すために悪太郎と『上州屋』の辻右衛門が企んだことだと言ってもだめだ。辻右衛門は被害者面をしている。同心は辻右衛門の言い分を信じた」

九郎兵衛は口惜しそうに言う。

「なるほど。さすが、二代目悪太郎だ」

巳之助は感心した。

「二代目悪太郎とはどういうことだ？」

「いまの悪太郎は三代目で、辻右衛門は二代目だそうです」

「そういうことか」

「昨夜、悪太郎と政二郎のあとを尾けたんですよ。霊岸島の大川端町の一軒家に逃げ込みました」

「巳之助、でかした。よし、案内しろ」

九郎兵衛は腰を上げようとした。

「待ってください。ふたりを捕まえても、辻右衛門には手出しできませんぜ。ふたりが、いくら訴えても、辻右衛門が否定したらそれまでです。奉行所がどっちを信じるか、明らかではありませんか」

「うむ」

　九郎兵衛は唸ってから再び腰を下ろした。

「ふたりが逃げ込んだ家には若い女がいました」

「若い女？」

「悪太郎の情婦《いろ》のようです」

「あの女か」

「知っているのですか」

「俺が『川端屋』の大旦那に会いに柳島に行く途中、子どもが怪我をしたと偽って俺を人気のない場所に誘い込んだ若い女がいた。そこに、昨日の侍が現れたのだ」

「そうでしたか。おそらく、同じ女でしょう」

「それより、何か辻右衛門も捕らえるうまい策でもあるのか」

　九郎兵衛がきいた。

「床下に忍び込んでふたりの話を聞きました。察するに、押し込みのあと、一味は『上州屋』に逃げ込んだんだと思います。翌日三々五々隠れ家に帰ったのです」

「盗んだ金は『上州屋』に預けてあるというのか」

「そうです。悪太郎と政二郎は『上州屋』に預けた金を受け取ってから江戸を離れると言ってました」

「そうか、ふたりが辻右衛門と会っているところに乗り込むのだな」

「そうです」

「辻右衛門は素直に金を渡すだろうか」

九郎兵衛が首を傾げた。

「なぜ、ですかえ」

「辻右衛門は『川端屋』を乗っ取ろうとしていたのだ。悪太郎一味が『川端屋』に押し入り、内儀のおえんと番頭の玉之助を殺す。そういう狙いがあったのだ」

九郎兵衛は『川端屋』の当時の若旦那に自分の娘を嫁がせようとし、機転のきく栄太郎という手代を先に『川端屋』に送り込んでいたという話をした。

「じゃあ、『川端屋』の押し込みの際も、その栄太郎が裏口を開けて悪太郎一味を引き入れたというわけですか」

「そういうことだ。だが、俺に邪魔された。だから、俺を『上州屋』に用心棒として雇い、殺そうとした。しかし、失敗した。これで、『川端屋』の乗っ取りが難しくなった。辻右衛門が悪太郎と政二郎に素直に金を渡すかどうか。これは見物だ」

「へえ」

「それより、悪太郎と政二郎がいつ『上州屋』にやってくるか。ふたりをずっと見張ってなければならない」

「動き出すのは夜だと思います。おそらく、今夜にでも。三日月の旦那は『上州屋』の用心棒の方は？」

「もう用済みだ。当然、辞めさせられた」

「じゃあ、夜はここにいるのですね」

「俺はやることがあるので、まだここにいるつもりだ」

九郎兵衛は厳しい顔をした。

「何をやろうと？」

「大旦那と約束したことだ」

「そうですか」

あえて深くきこうとは思わなかった。

「それじゃ、ふたりが動いたらすぐに知らせに上がります」

「頼んだ」

巳之助は立ち上がって庵を出た。


それから、半刻（一時間）後、巳之助は吾妻《あずま》橋を渡り、小梅村にある小春の家にやってきた。

戸を開けると、半次ががばと立ち上がった。

「俺だ」

巳之助は声を掛ける。

「驚かせてしまったか」

「いや」

巳之助が座ると、半次も腰を下ろした。

「昨夜、『上州屋』に悪太郎一味が押し入った。だが、悪太郎と政二郎は逃がしてしまった」

　巳之助は経緯を語った。

「江戸を離れる前に、ふたりは『上州屋』に預けてある金を受け取りに行く」

　半次は黙って聞いていた。

「そういうわけで、悪太郎と政二郎が『上州屋』に顔を出したら三日月の旦那がそこに乗り込んで、『上州屋』の辻右衛門の正体を暴こうというのだ」

　巳之助は息継ぎをして、

「霊岸島の隠れ家を見張り、悪太郎と政二郎が家を出たら、『川端屋』まで走って三日月の旦那に知らせてもらいたい」

「わかった」

「俺は『上州屋』を見張り、悪太郎と政二郎がやって来るのを待っている」

「よし。奴らに一矢報いてやる」

「じゃあ、これからその家に案内する。いいか、ふたりが動いたら、すぐに『川端屋』まで走れ。霊岸島から神田小柳町まで、韋駄天《いだてん》の半次ならあっと言う間だ」

「わかった」

「じゃあ、悪太郎の隠れ家に案内する」

巳之助は半次と共に霊岸島に向かった。

五

その夜、巳之助は大伝馬町の『上州屋』を見通せる場所にいた。暮六つ（午後六時）の鐘が鳴って半刻（一時間）以上経っている。

とうに『上州屋』の大戸は閉まっている。同心と岡っ引きが引き上げて行った時にくぐり戸が開いただけだ。

暗い通りを走って来る男がいた。みるみる間に近づいて来た。

半次だ。

「奴ら、ここに向かっている」

「よし」

「じゃあ、俺は『川端屋』までひとっ走り」

半次は疾風《はやて》のように現れて、すぐに走り去って行った。

それから小半刻（三十分）後、商家の主人と番頭ふうの男がやって来た。悪太郎と政二郎だ。

ふたりは『上州屋』の前に立ち、政二郎がくぐり戸を叩いた。中から戸が開けられた。ふたりは中に入った。

巳之助は『上州屋』の裏にまわり、黒い布で頬被りをし、尻端折りして、鉤縄を松の枝に引っかけて塀をよじ登った。

庭に下り立ち、辺りの気配を窺い、まず裏口の閂《かんぬき》を外す。それから、裏庭に向かい、母屋の床下に忍び込む。

客間の場所に見当をつけ、火縄の明かりで床下を進んだ。

やがて、話し声が聞こえてきた。

「仲間は皆、捕まってしまいましたぜ」

悪太郎の声が微かに聞こえた。

「あの企みは失敗でした」

「こっちだって大きく当てが外れた。そもそもはお前たちが『川端屋』への押し込みに失敗したのがいけないのだ」

「先代、それは違いますぜ。先代が『川端屋』を乗っ取ろうとしたことが間違いだったんじゃねえですかえ」

「俺に歯向かうのか」

「そうじゃねえ。ですが、あっしたちの責任にされちゃ黙っていられねえ」

「悪太郎。よく聞け」

辻右衛門が鋭い声を発した。

「二十数年前、俺が二代目悪太郎から退く時、ほんとうは序列からも年齢からも他にふさわしい男がいたが、俺は後継ぎにおめえを名指ししたのだ。三代目悪太郎としてふんぞりかえっていられるのは誰のおかげだと思っているのだ」

「先代の恩義は忘れちゃいません」

「だったら、このあとのことをどうするかだ。ともかく、お前たちは江戸を離れろ」

「そのつもりです。返してもらうものを手にしたら、明日にでも江戸を離れます」

「返してもらう？」

「預けてある金ですよ」

「これを持っていけ」

「なんですね、これは？」

「江戸を離れるための元手だ。ひとり百両ずつある」

「先代、あっしらが盗んだ金は一万五千両は下りませんぜ」

「当面、百両あれば十分だ。ほとぼりが冷めたら戻って来るのだろう。それまで預かっておく」

「でも」

「なんだ。俺が横取りするとでも思っているのか」

「いえ、そういうわけじゃ……」

悪太郎が慌てて答える。

「政二郎」

「へい」

「江戸を離れる前に、『川端屋』のおえんを始末していけ」

辻右衛門が命じた。

「ちゃんと始末してから江戸を離れることになっていやす」

政二郎が応じる。

「それならいい」

辻右衛門が答えたあと、

「どうした？」

と、鋭い声できいた。

巳之助ははっとした。

気づかれたと思い、巳之助はすぐに床下を這って庭に向かった。

床下から這い出た時、目の前に悪太郎と政二郎が待ち構えていた。

「昨夜もきさまが床下に……」

政二郎が眦を吊り上げた。

政二郎は懐から匕首《あいくち》を抜いた。

「刀は押し込みの時だけか。刀じゃなければ、恐くねえ」

巳之助は身構えて言う。

「ほざくな。匕首で十分だ」

政二郎は巳之助に迫る。悪太郎が巳之助の背後にまわった。

「盗人だ。仕留めろ」

辻右衛門が濡縁《ぬれえん》から怒鳴った。

「二代目悪太郎。おめえさんが『川端屋』襲撃の黒幕か」

「なにを寝言を」

辻右衛門が鼻で笑う。

「『川端屋』の乗っ取りを企て、悪太郎一味に押し込みをさせ、内儀のおえんと番頭を殺させようとしたことは明白だ。もう観念することだ」

「お前が何者かは知らぬが、俺は奉行所にも顔がきく。俺が二代目悪太郎だと信じる者は誰もおらぬ」

「上州屋辻右衛門」

突然、鋭い声がした。

巳之助は声の方を見る。

「三悪党。おぬしたちの命運は尽きた」

「きさま、松永九郎兵衛」

辻右衛門が激しく言い放つ。

「悪太郎、政二郎。残虐非道な押し込みを繰り返し、何の罪もない者を殺してきた。

どうせ獄門になる身だ。自分で自分を始末せよ」

九郎兵衛が言った。

「黙れ」

政二郎は匕首を構えた。

「それで俺に立ち向かう気か。なるほど、その恰好では刀は差せぬな。そなたの運も尽きた」

九郎兵衛は抜刀した。

「黙れ」

政二郎が匕首を構えて九郎兵衛に迫った時、悪太郎が背後から匕首を構えて突進してきた。九郎兵衛は振り向きざまに悪太郎の肩を斬りつける。悪太郎は素早く体を躱したが、返す刀で下から斬り上げると悪太郎の二の腕から血が飛んだ。

悪太郎は匕首を落とし、二の腕を押さえて後退った。

いつのまにか辻右衛門が刀を持っていて、

「政二郎」

と声を掛け、刀を放った。

政二郎は飛んできた刀をつかむと、素早く抜いて鞘を捨てた。

「今度こそ、お前を斃す」

政二郎は正眼に構えた。

「欣二という男を殺したのはそなただな。押し込み先での数々の殺し。悪太郎の指示があったろうが、ほとんどがそなたの仕業だ。違うか。先日はおえんを殺そうとした。許せぬ」

九郎兵衛は刀を眼前に立てて構えた。

「覚悟」

政二郎は裂帛の気合で上段から斬り込んできた。九郎兵衛は相手を十分に引き付け、素早く横に動いた。相手の刀が空を斬った隙をとらえ、九郎兵衛は袈裟懸《けさが》けに刀を振り下ろす。

政二郎の体はよろけ、そしてくずおれた。仰向けに倒れた政二郎が顔を起こし、九郎兵衛に手を差し出していた。

九郎兵衛は刀を背中にまわして、政二郎の口元に顔を近づけた。

「なんだ？」

「おえんに……」

「おえんに？」

「行けなくなった、と伝えて……。明日の朝、昌平橋《しょうへい》」

「明日の朝、昌平橋でおえんと待ち合わせているのか」

「上州へ……」

政二郎は息絶えた。

政二郎を横たえ、目を閉じさせてから、九郎兵衛は辻右衛門に向かった。

「上州屋。悪太郎一味を利用して『川端屋』を乗っ取ろうとしたこと、許せぬ」

濡縁に上がり、九郎兵衛は刀を突き付けた。

「血迷うな。俺は悪太郎に脅かされて手を貸しただけだ。こっちも被害者だ」

辻右衛門がふてぶてしく言う。

「先代、もうじたばたしても無駄だ」

悪太郎が傷口を押さえながら口を開いた。

「何を言うか。お前に先代と呼ばれる筋合いはない」

「きたねえ」

悪太郎が吐き捨てた。

「悪太郎。『川端屋』の手代の栄太郎は仲間だな」

「そうだ。先代の手下だ」

「これで、栄太郎が話せば、そなたはおしまいだ」

九郎兵衛が辻右衛門に迫る。

「俺は奉行所に懇意にしている与力や同心がいる。俺とお前の話のどっちを信じるか、言うまでもあるまい」

辻右衛門は含み笑いをした。

「奉行所で裁けないなら、俺が裁いてやる」

九郎兵衛は刀を振り上げた。辻右衛門は慌てて後退って尻餅をついた。

「覚悟」

「三日月の旦那」

それまで黙って見ていた巳之助は声を掛けた。

「これ以上の殺生はいけねえ。この男はとんでもねえ奴ですが、丸腰ですぜ。そんな奴を斬ったらその三日月の名刀の名折れじゃありませんか」

「確かに、その通りだ。しかし、こいつの悪事を暴く術《すべ》があるか」

九郎兵衛がきいた。

「悪太郎が喋るはずです。それに、ここの蔵には悪太郎一味が盗んだ金が仕舞ってあるはず。それが立派な証になるんじゃありませんかえ」

「よし。わかった。それにしても、なぜ店の者は出てこないのだ?」

「人払いをしてあるんでしょう」

「そうか。俺がこの者たちを見張っているから、お前は自身番に行ってくれ」

「わかりました。では、あっしはそのまま、引き上げますから」

巳之助はそう言い、裏口に向かい、頬被りをとって外に出た。

半次が待っていた。

「政二郎は死んだ。悪太郎と辻右衛門は三日月の旦那が見張っている」

「終わったか」

半次は安心したように言う。

「これから自身番に寄る」

巳之助は自身番に向かった。

翌朝、まだ夜は明けきっていない。九郎兵衛が昌平橋に行くと、橋の袂におえんらしい女が立っていた。

九郎兵衛は大きく落胆した。やはり、おえんは政二郎と一緒に江戸を離れるつもりなのだ。

殺されかかったにも拘らず、政二郎のことが忘れられないとは……。もはや、心は『川端屋』にないのか。実の子を捨ててまで政二郎のもとに走るおえんを蔑む思いで近づいた。

政二郎が死んだことを告げて、やむなく帰ったとしても、『川端屋』の内儀としての責任を立派に果たせるとは思えない。

辺りが少し明るんできた。気配に気づいて、おえんが顔を向けた。九郎兵衛を見て、不審そうな顔をした。

九郎兵衛もまた、おやっと思った。てっきり、旅装だと思っていたが、普段の恰好だった。

近づくと、おえんが口を開いた。

「なぜ、九郎兵衛さんが？」

おえんがきいた。

「政二郎から伝言を頼まれた。行けなくなったと」

「政二郎さんに何かあったのですか」

「それより、そなたは政二郎と一緒に上州に旅立つつもりだったのではないのか」

「政二郎さんは文でそう言っていました。でも、私は一緒に行けないとお断りするためにここに来たのです」

「そうだったのか。しかし、危険だと思わなかったのか」

「思いました。でも、自分の中でけじめをつけるためにも来なくてはならなかったのです。たとえ、殺されるようなことがあっても……」

政二郎がおえんを殺そうとしたのは悪太郎や辻右衛門に強要されただけで、一緒に上州に行こうというのは本気だったのかもしれない。

九郎兵衛はほっとしたように頷き、

「では、これからは『川端屋』の内儀として……」

と、確かめた。

「はい、番頭の玉之助もやっと私に心を開いてくれました」

「それはよかった」

「それより、政二郎さんはどうしたのですか」

「政二郎は死んだ」

「…………」

おえんが息を呑むのがわかった。

「昨夜、悪太郎と政二郎は『上州屋』に行き、辻右衛門と会っていた。そこに乗り込み、拙者が政二郎を斬った」

「そうでございましたか」

おえんは声を詰まらせた。

「悪太郎は捕らえられた。そなたのことは口にしないはずだ、安心するがいい」

「はい」

「それから、『上州屋』の辻右衛門もいずれ捕まるはずだ。手代の栄太郎もな」

「栄太郎が……」

「あの男は辻右衛門の意を汲み、そなたを貶めようと色々画策していたのだ。悪太郎一味を引き入れたのも栄太郎だ。番頭の玉之助もそのことに気づいたのだろう」

辺りは明るくなっていた。

「さあ、早く引き上げるがいい」

「九郎兵衛さんもご一緒に」

「いや。これから柳島の大旦那のところに行くつもりなのだ」

「大旦那のところに？」

「拙者の知り合いが世話になった。そのお礼にな」

今回の『上州屋』の乗っ取りの件も話す必要がある。半次が世話になった礼をかねて、これから行くつもりだった。


いくぶん朝夕は涼しくなったが、残暑は厳しい。

巳之助は半次と共に神田佐久間町のお新の長屋に顔を出した。三吉《さんきち》が井戸で桶に水を汲んでおり、近くでお新が洗濯物を取り込んでいた。

巳之助は半次を促してお新のそばに行った。

「鋳掛屋のおじさん」

三吉が桶を置いて、飛んできた。

「今日も剣術を教えてくれる？」

「もちろんだ」

巳之助は答えた。

お新が近づいてきて、

「巳之助さん、ひょっとしてそのお方は……」

と、きいた。

「おかみさん。すまねえ。ここでおかみさんにぶつかったのはあっしです」

半次は深々と頭を下げた。

「………」

お新は怪訝そうな顔をした。

「お新さん、こいつは半次といい、あっしの知り合いなんだ」

巳之助はそう言い、半次が押し込み一味に関わった経緯を語り、

「奉行所も事情をわかってくれて、おとがめはなかった」

と、告げた。

「そうですか。怪我は大したことはなかったんですよ。気になさらないでください」

「そう言っていただいて、ほっとしました」

半次の強張っていた表情に、やっと笑みが浮かんだ。

「じゃあ、行こうか」

巳之助が言うと、半次はもう一度お新に頭を下げた。

「三吉、またあとで来る」

巳之助は三吉に声を掛けた。

「きっとだよ」

「ああ」

巳之助は半次と共に長屋を出た。

そこから神田明神に向かった。

鳥居の前で九郎兵衛と三津五郎、それに小春の三人にばったり会った。

「ちょうどだったな」

九郎兵衛が巳之助と半次に言う。

「では、行くか」

九郎兵衛は境内にある料理屋に向かいかけた。

「三日月の旦那。あっしはいい」

巳之助が言った。

「どうしてだ？　せっかく三日月の旦那がご馳走してくれるっていうんだ。遠慮はいらねえ」

三津五郎が口を挟む。

「そうよ。旦那、『川端屋』の大旦那からたっぷり礼金をいただいたんだってさ」

小春も誘う。

「すまねえ。俺は酒もそんなに好きじゃねえし、それに食事もひとりのほうがいいんだ」

巳之助はきっぱり断り、

「ただ、今回の件で世話になった皆に礼を言いたかっただけだ」

「巳之助。礼を言うのは俺の方だ」

九郎兵衛が微笑んだ。

「いえ。では」

「おめえの性分はわかっている。まあ、また会おう」

「へえ」

巳之助は九郎兵衛たちと別れ、三吉との約束を果たすためにお新の長屋に向かった。

この作品は書き下ろしです。

月夜《つきよ》の牙《きば》

義賊《ぎぞく》・神田《かんだ》小僧《こぞう》

小杉健治《こすぎけんじ》

令和2年6月15日　初版発行

発行人――石原正康
編集人――高部真人
発行所――株式会社幻冬舎
〒151-0051東京都渋谷区千駄ヶ谷4-9-7
電話　03(5411)6222(営業)
　　　03(5411)6211(編集)
　　　振替00120-8-767643
印刷・製本―株式会社　光邦
装丁者――高橋雅之

幻冬舎時代小説文庫

ISBN978-4-344-42995-6　C0193　こ-38-10

幻冬舎ホームページアドレス　https://www.gentosha.co.jp/
この本に関するご意見・ご感想をメールでお寄せいただく場合は、
comment@gentosha.co.jpまで。